◎ 史铁生/著

命若琴弦

求真出版社

图书在版编目（CIP）数据

命若琴弦/史铁生著．—北京：求真出版社，2011.10（2025.1重印）
ISBN 978－7－80258－127－2

Ⅰ.①命… Ⅱ.①史… Ⅲ.①中国文学：当代文学—作品综合集
Ⅳ.①I217.2

中国版本图书馆 CIP 数据核字（2011）第 192909 号

命若琴弦

著　　者：史铁生
责任编辑：计　悦
出版发行：求真出版社
社　　址：北京市西城区太平街甲 6 号
邮政编码：100050
印　　刷：三河市新科印务有限公司
经　　销：新华书店
开　　本：680×960　1/16
字　　数：154 千字
印　　张：13.5
版　　次：2012 年 1 月第 1 版　2025 年 1 月第 37 次印刷
书　　号：ISBN 978－7－80258－127－2/I·24
定　　价：36.00 元
编辑热线：（010）83190270
销售服务热线：（010）83190292　83190297　83190289

版权所有　侵权必究　　　　　　　　　　印装错误可随时退换

扫码收听

目录

小说篇
命若琴弦 2
我的遥远的清平湾 26

散文篇
合欢树 46
我的梦想 50
我二十一岁那年 55
墙下短记 69
我与地坛 78

随笔篇

爱情问题 100
病隙碎笔(之五) 113
病隙碎笔(之六) 153
康复主义断想 178
"安乐死"断想 185
减灾四想 192
给盲童朋友 197

附录发言二则

"透析"经验谈 200
在北京友谊医院"友谊之友"座谈会上的发言 203

小 说 篇

命若琴弦
我的遥远的清平湾

命若琴弦

　　莽莽苍苍的群山之中走着两个瞎子，一老一少，一前一后，两顶发了黑的草帽起伏蹿动，匆匆忙忙，像是随着一条不安静的河水在漂流。无所谓从哪儿来，也无所谓到哪儿去，每人带一把三弦琴，说书为生。

　　方圆几百上千里的这片大山中，峰峦叠嶂，沟壑纵横，人烟稀疏，走一天才能见一片开阔地，有几个村落。荒草丛中随时会飞起一对山鸡，跳出一只野兔、狐狸，或者其他小野兽。山谷中常有鹞鹰盘旋。

　　寂静的群山没有一点阴影，太阳正热得凶。

　　"把三弦子抓在手里，"老瞎子喊，在山间震起回声。

　　"抓在手里呢。"小瞎子回答。

　　"操心身上的汗把三弦子弄湿了。弄湿了晚上弹你的肋条？"

　　"抓在手里呢。"

　　老少二人都赤着上身，各自拎了一条木棍探路，缠在腰间的粗布小褂已经被汗水洇湿了一大片。起来的黄土干得呛人。这正是说书的旺季。天长，村子里的人吃罢晚饭都不待在家里，有的人晚饭也不在家里吃，捧上碗到路边去，或者到场院里。老瞎子想赶着多说书，整个热季领着小瞎子一个村子一个村子紧走，一晚上一晚上紧说。老瞎子一天比一天紧张、激动，心里算定：弹断一千根琴弦的日子就在这个夏天了,说不定就在前面的野羊坳。

暴躁了一整天的太阳这会儿正平静下来,光线开始变得深沉。远远近近的蝉鸣也舒缓了许多。

"小子!你不能走快点吗?"老瞎子在前面喊,不回头也不放慢脚步。

小瞎子紧跑几步,吊在屁股上的一只大挎包叮啷哐啷地响,离老瞎子仍有几丈远。

"野鸽子都往窝里飞啦。"

"什么?"小瞎子又紧走几步。

"我说野鸽子都回窝了,你还不快走!"

"噢。"

"你又鼓捣我那电匣子呢。"

"嘁——!鬼动来。"

"那耳机子快让你鼓捣坏了。"

"鬼动来!"

老瞎子暗笑:你小子才活了几天?"蚂蚁打架我也听得着,"老瞎子说。

小瞎子不争辩了,悄悄把耳机子塞到挎包里去,跟在师父身后闷闷地走路。无尽无休的无聊的路。

走了一阵子,小瞎子听见有只獾在地里啃庄稼,就使劲学狗叫,那只獾连滚带爬地逃走了,他觉得有点开心,轻声哼了几句小调儿,哥哥呀妹妹的。师父不让他养狗,怕受村子里的狗欺负,也怕欺负了别人家的狗,误了生意。又走了一会儿,小瞎子又听见不远处有条蛇在游动,弯腰摸了块石头砍过去,"哗啦啦"一阵高粱叶子响。老瞎子有点可怜他了,停下来等他。

"除了獾就是蛇,"小瞎子赶忙说,担心师父骂他。

"有了庄稼地了,不远了。"老瞎子把一个水壶递给徒弟。

"干咱们这营生的,一辈子就是走,"老瞎子又说。"累不?"

小瞎子不回答,知道师父最讨厌他说累。

"我师父才冤呢。就是你师爷,才冤呢,东奔西走一辈子,到了没弹够一千根琴弦。"

小瞎子听出师父这会儿心绪好,就问:"什么是绿色的长乙(椅)?"

"什么?噢,八成是一把椅子吧。"

"曲折的油狼(游廊)呢?"

"油狼?什么油狼?"

"曲折的油狼。"

"不知道。"

"匣子里说的。"

"你就爱瞎听那些玩艺儿。听那些玩艺儿有什么用?天底下的好东西多啦,跟咱们有什么关系?"

"我就没听您说过,什么跟咱们有关系。"小瞎子把"有"字说得重。

"琴!三弦子!你爹让你跟了我来,是为让你弹好三弦子,学会说书。"

小瞎子故意把水喝得咕噜噜响。

再上路时小瞎子走在前头。

大山的阴影在沟谷里铺开来。地势也渐渐的平缓,开阔。

接近村子的时候,老瞎子喊住小瞎子,在背阴的山脚下找到一个小泉眼。细细的泉水从石缝里往外冒,淌下来,积成脸盆大的小洼，周围的野草长得茂盛，水流出去几十米便被干渴的土地吸干了。

"过来洗洗吧，洗洗你那身臭汗味。"

小瞎子拨开野草在水洼边蹲下，心里还在猜想着"曲折的油狼"。

"把浑身都洗洗。你那样儿准像个小叫花子。"

"那您不就是个老叫花子了？"小瞎子把手按在水里，嘻嘻地笑。

老瞎子也笑，双手掬起水往脸上泼。"可咱们不是叫花子，咱们有手艺。"

"这地方咱们好像来过。"小瞎子侧耳听着四周的动静。

"可你的心思总不在学艺上。你这小子心太野。老人的话你从来不着耳朵听。"

"咱们准是来过这儿。"

"别打岔！你那三弦子弹得还差着远呢。咱这命就在这几根琴弦上，我师父当年就这么跟我说。"

泉水清凉凉的。小瞎子又哥哥呀妹妹的哼起来。

老瞎子挺来气，"我说什么你听见了吗？"

"咱这命就在这几根琴弦上，您师父我师爷说的。我都听过八百遍了。您师父还给您留下一张药方，您得弹断一千根琴弦才能去抓那副药，吃了药您就能看见东西了。我听您说过一千遍了。"

"你不信？"

小瞎子不正面回答，说："干吗非得弹断一千根琴弦才能去抓那副药呢？"

"那是药引子。机灵鬼儿，吃药得有药引子！"

"一千根断了的琴弦还不好弄？"小瞎子忍不住"哧哧"地笑。

"笑什么笑！你以为你懂得多少事？得真正是一根一根弹断了的

才成。"

小瞎子不敢吱声了,听出师父又要动气。每回都是这样,师父容不得对这件事有怀疑。

老瞎子也没再作声,显得有些激动,双手搭在膝盖上,两颗骨头一样的眼珠对着苍天,像是一根一根地回忆着那些弹断的琴弦。盼了多少年了呀,老瞎子想,盼了五十年了!五十年中翻了多少架山,走了多少里路哇,挨了多少回晒,挨了多少回冻,心里受了多少委屈呀。一晚上一晚上地弹,心里总记着,得真正是一根一根尽心尽力地弹断的才成。现在快盼到了,绝出不了这个夏天了。老瞎子知道自己又没什么能要命的病,活过这个夏天一点不成问题。"我比我师父可运气多了,"他说,"我师父到了没能睁开眼睛看一回。"

"咳!我知道这地方是哪儿了!"小瞎子忽然喊起来。

老瞎子这才动了动,抓起自己的琴来摇了摇,叠好的纸片碰在蛇皮上发出细微的响声,那张药方就在琴槽里。

"师父,这儿不是野羊岭吗?"小瞎子问。

老瞎子没搭理他,听出这小子又不安稳了。

"前头就是野羊坳,是不是,师父?"

"小子,过来给我擦擦背,"老瞎子说,把弓一样的脊背弯给他。

"是不是野羊坳,师父?"

"是!干什么?你别又闹猫似的。"

小瞎子的心"扑通扑通"跳,老老实实地给师父擦背。老瞎子觉出他擦得很有劲。

"野羊坳怎么了?你别又叫驴似的会闻味儿。"

小瞎子心虚,不吭声,不让自己显出兴奋。

"又想什么呢?别当我不知道你那点儿心思。"

"又怎么了,我?"

"怎么了你?上回你在这儿疯得不够?那妮子是什么好货!"老瞎子心想,也许不该再带他到野羊坳来。可是野羊坳是个大村子,年年在这儿生意都好,能说上半个多月。老瞎子恨不能立刻弹断最后几根琴弦。

小瞎子嘴上嘟嘟囔囔的,心却飘飘的,想着野羊坳里那个尖声细气的小妮子。

"听我一句话,不害你,"老瞎子说,"那号事靠不住。"

"什么事?"

"少跟我贫嘴。你明白我说的什么事。"

"我就没听您说过,什么事靠得住。"小瞎子又偷偷地笑。

老瞎子没理他,骨头一样的眼珠又对着苍天。那儿,太阳正变成一汪血。

两面脊背和山是一样的黄褐色。一座已经老了,嶙峋瘦骨像是山根下裸露的基石。另一座正年青。老瞎子七十岁,小瞎子才十七。

小瞎子十四岁上父亲把他送到老瞎子这儿来,为的是让他学说书,这辈子好有个本事,将来可以独自在世上活下去。

老瞎子说书已经说了五十多年。这一片偏僻荒凉的大山里的人们都知道他:头发一天天变白,背一天天变驼,年年月月背一把三弦琴满世界走,逢上有愿意出钱的地方就拨动琴弦唱一晚上,给寂寞的山村带来欢乐。开头常是这么几句:"自从盘古分天地,三皇五帝到如今,有道君王安天下,无道君王害黎民。轻轻弹响三弦琴,慢慢稍停把歌论,歌有三千七百本,不知哪本动人心。"于是听书的众人喊起来,老的要听董永卖身葬父,小的要听武二郎夜走蜈蚣岭,女人们想听秦香莲。这是老瞎子最知足的一刻,身上的疲劳和心里的孤寂全忘却,不慌不忙地喝几口水,待众人的吵嚷声鼎沸,便把琴弦一阵紧拨,唱道:"今日不把别人唱,单表公子小罗成。"或者:"茶也喝来烟也吸,唱一回哭倒长城的孟姜女。"满场立刻鸦雀无声,老瞎子也全心沉到自己所说的书中去。

他会的老书数不尽。他还有一个电匣子,据说是花了大价钱从一个山外人手里买来,为的是学些新词儿,编些新曲儿。其实山里人倒不太在乎他说什么唱什么。人人都称赞他那三弦子弹得讲究,轻轻漫漫的,飘飘洒洒的,疯癫狂放的,那里头有天上的日月,有地上的生灵。老瞎子的嗓子能学出世上所有的声音,男人、女人、刮风下雨、兽啼禽鸣。不知道他脑子里能呈现出什么景象,他一落生就瞎了眼睛,从没见过这个世界。

小瞎子可以算见过世界,但只有三年,那时还不懂事。他对说书和弹琴并无多少兴趣,父亲把他送来的时候费尽了唇舌,好说歹说连哄带骗,最后不如说是那个电匣子把他留住。他抱着电匣子听得入神,甚至没发觉父亲什么时候离去。

这只神奇的匣子永远令他着迷,遥远的地方和稀奇古怪的事物使他幻想不绝,凭着三年朦胧的记忆,补充着万物的色彩和形象,譬如海,匣子里说蓝天就像大海,他记得蓝天,于是想象出海;匣子里说海是无边无际的水,他记得锅里的水,于是想象出满天排开的水锅。再譬如漂亮的姑娘,匣子里说就像盛开的花朵,他实在不相信会是那样,母亲的灵柩被抬到远山上去的时候,路上正开遍着野花,他永远记得却永远不愿意去想。但他愿意想姑娘,越来越愿意想,尤其是野羊坳的那个尖声细气的小妮子,总让他心里荡起波澜。直到有一回匣子里唱道,"姑娘的眼睛就像太阳",这下他才找到了一个贴切的形象,想起母亲在红透的夕阳中向他走来的样子,其实人人都是根据自己的所知猜测着无穷的未知,以自己的感情勾画出世界。每个人的世界就都不同。

也总有一些东西小瞎子无从想象,譬如"曲折的油狼"。

这天晚上,小瞎子跟着师父在野羊坳说书,又听见那小妮子站在离他不远处尖声细气地说笑。书正说到紧要处——"罗成回马再交战,大胆苏烈又兴兵。苏烈大刀如流水,罗成长枪似腾云,好似海中龙吊宝,犹如深山虎争林。又战七日并七夜,罗成清茶无点唇……"老瞎子把琴弹得如雨骤风疾,字字句句唱得铿锵。小瞎子却心猿意马,手底下早乱了套数……

野羊岭上有一座小庙,离野羊坳村二里地,师徒二人就在这里住下。石头砌的院墙已经残断不全,几间小殿堂也歪斜欲倾百孔千疮,唯正中一间尚可遮蔽风雨,大约是因为这一间中毕竟还供奉着神灵。三尊泥像早脱尽了尘世的彩饰,还一身黄土本色返璞归真了,认不出是佛是道。院里院外、房顶墙头都长满荒藤野草,蓊蓊郁郁倒有生气。老瞎子每回到野羊坳说书都住这儿,不出房钱又不惹是非。小瞎子是第二次住在这儿。

散了书已经不早,老瞎子在正殿里安顿行李,小瞎子在侧殿的檐下生火烧水。去年砌下的灶稍加修整就可以用。小瞎子撅着屁股吹火,柴草不干,呛得他满院里转着圈儿咳嗽。

老瞎子在正殿里数叨他:"我看你能干好什么。"

"柴湿嘛。"

"我没说这事。我说的是你的琴,今儿晚上的琴你弹成了什么。"

小瞎子不敢接这话茬,吸足了几口气又跪到灶火前去,鼓着腮帮子一通猛吹。"你要是不想干这行,就趁早给你爹捎信把你领回去。老这么闹猫闹狗的可不行,要闹回家闹去。"

小瞎子咳嗽着从灶火边跳开,几步蹿到院子另一头,"呼哧呼哧"大喘气,嘴里一边骂。

"说什么呢?"

"我骂这火。"

"有你那么吹火的?"

"那怎么吹?"

"怎么吹?哼,"老瞎子顿了顿,又说,"你就当这灶火是那妮子的脸!"

小瞎子又不敢搭腔了,跪到灶火前去再吹,心想:真的,不知道兰秀儿的脸什么样。那个尖声细气的小妮子叫兰秀儿。

"那要是妮子的脸,我看你不用教也会吹,"老瞎子说。

小瞎子笑起来,越笑越咳嗽。

"笑什么笑!"

"您吹过妮子脸?"

老瞎子一时语塞。小瞎子笑得坐在地上。"日他妈,"老瞎子骂道,笑笑,然后变了脸色,再不言语。

灶膛里"腾"的一声,火旺起来。小瞎子再去添柴,一心想着兰秀儿。才散了书的那会儿,兰秀儿挤到他跟前来小声说:"哎,上回你答应我什么来?"师父就在旁边,他没敢吭声。人群挤来挤去,一会儿又把兰秀儿挤到他身边。"噫,上回吃了人家的煮鸡蛋倒白吃了?"兰秀儿说,声音比上回大。这时候师父正忙着跟几个老汉拉话,他赶紧说:"嘘——,我记着呢。"兰秀儿又把声音压低:"你答应给我听电匣子你还没给我听。""嘘——,我记着呢。"幸亏那会儿人声嘈杂。

正殿里好半天没有动静。之后，琴声响了，老瞎子又上好了一根新弦。他本来应该高兴的，来野羊坳头一晚上就又弹断了一根琴弦。可是那琴声却低沉、零乱。

小瞎子渐渐听出琴声不对，在院里喊："水开了，师父。"

没有回答。琴声一阵紧似一阵了。

小瞎子端了一盆热水进来，放在师父跟前，故意嘻嘻笑着说："您今儿晚还想弹断一根是怎么着？"

老瞎子没听见，这会儿他自己的往事都在心中，琴声烦躁不安，像是年年旷野里的风雨，像是日夜山谷中的流溪，像是奔奔忙忙不知所归的脚步声。小瞎子有点害怕了：师父很久不这样了，师父一这样就要犯病，头疼、心口疼、浑身疼，会几个月爬不起炕来。

"师父，您先洗脚吧。"

琴声不停。

"师父，您该洗脚了。"小瞎子的声音发抖。

琴声不停。

"师父！"

琴声戛然而止，老瞎子叹了口气。小瞎子松了口气。

老瞎子洗脚，小瞎子乖乖地坐在他身边。

"睡去吧，"老瞎子说，"今儿个够累的了。"

"您呢？"

"你先睡，我得好好泡泡脚。人上了岁数毛病多。"老瞎子故意说得轻松。

"我等您一块儿睡。"

山深夜静。有了一点风，墙头的草叶子就会响。夜猫子在远处哀哀地叫。听得见野羊坳里偶尔有几声狗吠，又引得孩子哭。月亮升起来，白光透过残损的窗棂进了殿堂，照见两个瞎子和三尊神像。

"等我干吗？时候不早了。"

"你甭担心我，我怎么也不怎么，"老瞎子又说。"听见没有，小子？"

小瞎子到底年轻，已经睡着。老瞎子推推他让他躺好，他嘴里咕囔了几句倒头睡去。老瞎子给他盖被时，从那身日渐发育的筋肉上觉出，这孩子到了要想那些事的年龄，非得有一段苦日子过不可了。唉，这事谁也替不了谁。

老瞎子再把琴抱在怀里，摩挲着根根绷紧的琴弦，心里使劲念叨：又断了一根了，又断了一根了。再摇摇琴槽，有轻微的纸和蛇皮的摩擦声。唯独这事能为他排忧解烦。一辈子的愿望。

小瞎子做了一个好梦，醒来吓了一跳，鸡已经叫了。他一骨碌爬起来听听，师父正睡得香，心说还好。他摸到那个大挎包，悄悄地掏出电匣子，蹑手蹑脚出了门。

往野羊坳方向走了一会儿，他才觉出不对头，鸡叫声渐渐停歇，野羊坳里还是静静的没有人声。他愣了一会儿，鸡才叫头遍吗？灵机一动扭开电匣子。电匣子里也是静悄悄。现在是半夜。他半夜里听过匣子，什么都没有。这匣子对他来说还是个表，只要扭开一听，便知道是几点钟，什么时候有什么节目都是一定的。

小瞎子回到庙里，老瞎子正翻身。

"干吗哪？"

"撒尿去了，"小瞎子说。

一上午，师父逼着他练琴。直到晌午饭后，小瞎子才瞅机会溜出庙来，溜进野羊坳。鸡也在树荫下打盹儿，猪也在墙根下说着梦话，太阳又热得凶，村子里很安静。

小瞎子踩着磨盘，扒着兰秀儿家的墙头轻声喊："兰秀儿——兰秀儿——"

屋里传出雷似的鼾声。

他犹豫了片刻，把声音稍稍抬高："兰秀儿——！兰秀儿——！"

狗叫起来。屋里的鼾声停了，一个闷声闷气的声音问："谁呀？"

小瞎子不敢回答，把脑袋从墙头上缩下来。

屋里"吧唧"了一阵嘴，又响起鼾声。

他叹口气，从磨盘上下来，快快地往回走。忽听见身后"嘎吱"一声院门响，随即一阵细碎的脚步声向他跑来。

"猜是谁？"尖声细气。小瞎子的眼睛被一双柔软的小手捂上了。这才多余呢。兰秀儿不到十五岁，认真说还是个孩子。

"兰秀儿！"

"电匣子拿来没？"

小瞎子掀开衣襟，匣子挂在腰上。"嘘——，别在这儿，找个没人的地方听去。"

"咋啦？"

"回头招好些人。"

"咋啦？"

"那么多人听，费电。"两个人东拐西弯，来到山背后那眼小泉边。小瞎子忽然想起件事，问兰秀儿："你见过曲折的油狼吗？"

"啥？"

"曲折的油狼。"

"曲折的油狼？"

"知道吗？"

"你知道?"

"当然。还有绿色的长椅。就是一把椅子。"

"椅子谁不知道。"

"那曲折的油狼呢?"

兰秀儿摇摇头,有点崇拜小瞎子了。小瞎子这才郑重其事地扭开电匣子,一支欢快的乐曲在山沟里飘荡。

这地方又凉快又没有人来打扰。

"这是'步步高',"小瞎子说,跟着哼。

一会儿又换了支曲子,叫"旱天雷",小瞎子还能跟着哼。兰秀儿觉得很惭愧。

"这曲子也叫'和尚思妻'。"

兰秀儿笑起来:"瞎骗人!"

"你不信?"

"不信。"

"爱信不信。这匣子里说的古怪事多啦。"小瞎子玩着凉凉的泉水,想了一会儿。"你知道什么叫接吻吗?"

"你说什么叫?"

这回轮到小瞎子笑,光笑不答。兰秀儿明白准不是好话,红着脸不再问。

音乐播完了,一个女人说,"现在是讲卫生节目。"

"啥?"兰秀儿没听清。

"讲卫生。"

"是什么?"

"嗯——,你头发上有虱子吗?"

"去——,别动!"

小瞎子赶忙缩回手来，赶忙解释："要有就是不讲卫生。"

"我才没有。"兰秀儿抓抓头，觉得有些刺痒。"噫——，瞧你自个儿吧！"兰秀儿一把搬过小瞎子的头。"看我捉几个大的。"

这时候听见老瞎子在半山上喊："小子，还不给我回来！该做饭了，吃罢饭还得去说书！"他已经站在那儿听了好一会儿了。

野羊坳里已经昏暗，羊叫、驴叫、狗叫、孩子们叫，处处起了炊烟。野羊岭上还有一线残阳，小庙正在那淡薄的光中，没有声响。

小瞎子又撅着屁股烧火。老瞎子坐在一旁淘米，凭着听觉他能把米中的砂子捡出来。

"今天的柴挺干，"小瞎子说。

"嗯。"

"还是焖饭？"

"嗯。"

小瞎子这会儿精神百倍，很想找些话说，但是知道师父的气还没消，心说还是少找骂。

两个人默默地干着自己的事，又默默地一块儿把饭做熟。岭上也没了阳光。

小瞎子盛了一碗小米饭，先给师父："您吃吧。"声音怯怯的，无比驯顺。

老瞎子终于开了腔："小子，你听我一句行不？"

"嗯。"小瞎子往嘴里扒拉饭，回答得含糊。

"你要是不愿意听，我就不说。"

"谁说不愿意听了？我说'嗯'！"

"我是过来人，总比你知道的多。"

小瞎子闷头扒拉饭。

"我经过那号事。"

"什么事?"

"又跟我贫嘴!"老瞎子把筷子往灶台上一摔。

"兰秀儿光是想听听电匣子。我们光是一块儿听电匣子来。"

"还有呢?"

"没有了。"

"没有了?"

"我还问她见没见过曲折的油狼。"

"我没问你这个!"

"后来,后来,"小瞎子不那么气壮了。"不知怎么一下就说起了虱子……"

"还有呢?"

"没了。真没了!"

两个人又默默地吃饭。老瞎子带了这徒弟好几年,知道这孩子不会撒谎,这孩子最让人放心的地方就是诚实、厚道。

"听我一句话,保准对你没坏处。以后离那妮子远点儿。"

"兰秀儿人不坏。"

"我知道她不坏,可你离她远点儿好。早年你师爷这么跟我说,我也不信……"

"师爷?说兰秀儿?"

"什么兰秀儿,那会儿还没她呢。那会儿还没有你们呢……"老瞎子阴郁的脸又转向暮色浓重的天际,骨头一样白色的眼珠不住地转动,不知道在那儿他能"看"见什么。

许久,小瞎子说:"今儿晚上您多半又能弹断一根琴弦。"想让师父高兴些。

这天晚上师徒俩又在野羊坳说书。"上回唱到罗成死,三魂七魄赴幽冥,听歌君子莫嘈嚷,列位听我道下文。罗成阴魂出地府,一阵旋风就起身,旋风一阵来得快,长安不远面前存……"老瞎子的琴声也乱,小瞎子的琴声也乱。小瞎子回忆着那双柔软的小手捂在自己脸上的感觉,还有自己的头被兰秀儿搬过去时的滋味。老瞎子想起的事情更多……

夜里老瞎子翻来覆去睡不安稳,多少往事在他耳边喧嚣,在他心头动荡,身体里仿佛有什么东西要爆炸。坏了,要犯病,他想。头昏,胸口憋闷,浑身紧巴巴的难受。他坐起来,对自己叨咕:"可别犯病,一犯病今年就甭想弹够那些琴弦了。"他又摸到琴。要能丁丁当当随心所欲地疯弹一阵,心头的忧伤或许就能平息,耳边的往事或许就会消散。可是小瞎子正睡得香甜。

他只好再全力去想那张药方和琴弦:还剩下几根,还只剩最后几根了。那时就可以去抓药了,然后就能看见这个世界——他无数次爬过的山,无数次走过的路,无数次感到过他的温暖和炽热的太阳,无数次梦想着的蓝天、月亮和星星……还有呢?突然间心里一阵空,空得深重。就只为了这些?还有什么?他朦胧中所盼望的东西似乎比这要多得多……

夜风在山里游荡。

猫头鹰又在凄哀地叫。

不过现在他老了,无论如何没几年活头了,失去的已经永远失去了,他像是刚刚意识到这一点。七十年中所受的全部辛苦就为了最后能看一眼世界,这值得吗?他问自己。

小瞎子在梦里笑,在梦里说:"那是一把椅子,兰秀儿……"

老瞎子静静地坐着。静静地坐着的还有那三尊分不清是佛是道的泥像。

　　鸡叫头遍的时候老瞎子决定，天一亮就带这孩子离开野羊坳。否则这孩子受不了，他自己也受不了。兰秀儿人不坏，可这事会怎么结局，老瞎子比谁都"看"得清楚。鸡叫二遍，老瞎子开始收拾行李。

　　可是一早起来小瞎子病了，肚子疼，随即又发烧。老瞎子只好把行期推迟。

　　一连好几天，老瞎子无论是烧火、淘米、捡柴，还是给小瞎子挖药、煎药，心里总在说："值得，当然值得。"要是不这么反反复复对自己说，身上的力气似乎就全要垮掉。"我非要最后看一眼不可。""要不怎么着？就这么死了去？""再说就只剩下最后几根了。"后面三句都是理由。老瞎子又冷静下来，天天晚上还到野羊坳去说书。

　　这一下小瞎子倒来了福气。每天晚上师父到岭下去了，兰秀儿就猫似的轻轻跳进庙里来听匣子。兰秀儿还带来熟的鸡蛋，条件是得让她亲手去扭那匣子的开关。"往哪边扭？""往右。""扭不动。""往右，笨货，不知道哪边是右哇？""咔哒"一下，无论是什么便响起来，无论是什么俩人都爱听。

　　又过了几天，老瞎子又弹断了三根琴弦。

　　这一晚，老瞎子在野羊坳里自弹自唱："不表罗成投胎事，又唱秦王李世民。秦王一听双泪流，可怜爱卿丧残身，你死一身不打紧，缺少扶朝上将军……"

　　野羊岭上的小庙里这时更热闹。电匣子的音量开得挺大，又是孩子哭，又是大人喊，轰隆隆地又响炮，"嘀嘀哒哒"地又吹号。月光照进正殿，小瞎子躺着啃鸡蛋，兰秀儿坐在他旁边。两个人都听得兴奋，时而大笑，时而稀里糊涂莫名其妙。

"这匣子你师父哪儿买来？"

"从一个山外头的人手里。"

"你们到山外头去过？"兰秀儿问。

"没。我早晚要去一回就是，坐坐火车。"

"火车？"

"火车你也不知道？笨货。"

"噢，知道知道，冒烟哩是不是？"

过了一会儿兰秀儿又说："保不准我就得到山外头去。"语调有些惝惶。

"是吗？"小瞎子一挺坐起来："那你到底瞧瞧曲折的油狼是什么。"

"你说是不是山外头的人都有电匣子？"

"谁知道。我说你听清楚没有？曲、折、的、油、狼，这东西就在山外头。"

"那我得跟他们要一个电匣子。"兰秀儿自言自语地想心事。

"要一个？"小瞎子笑了两声，然后屏住气，然后大笑："你干吗不要俩？你可真本事大。你知道这匣子几千块钱一个？把你卖了吧，怕也换不来。"

兰秀儿心里正委屈，一把揪住小瞎子的耳朵使劲拧，骂道："好你个死瞎子。"

两个人在殿堂里扭打起来。三尊泥像袖手旁观帮不上忙。两个年青的正在发育的身体碰撞在一起，纠缠在一起，一个把一个压在身下，一会儿又颠倒过来，骂声变成笑声。匣子在一边唱。

打了好一阵子,两个人都累得住了手,心怦怦跳,面对面躺着喘气,不言声儿,谁却也不愿意再拉开距离。

兰秀儿呼出的气吹在小瞎子脸上,小瞎子感到了诱惑,并且想起那天吹火时师父说的话,就往兰秀儿脸上吹气。兰秀儿并不躲。

"嘿,"小瞎子小声说,"你知道接吻是什么了吗?"

"是什么?"兰秀儿的声音也小。

小瞎子对着兰秀儿的耳朵告诉她。兰秀儿不说话。老瞎子回来之前,他们试着亲了嘴儿,滋味真不坏……

就是这天晚上,老瞎子弹断了最后两根琴弦。两根弦一齐断了。他没料到。他几乎是连跑带爬地上了野羊岭,回到小庙里。

小瞎子吓了一跳:"怎么了,师父?"

老瞎子喘吁吁地坐在那儿,说不出话。小瞎子有些犯嘀咕:莫非是他和兰秀儿干的事让师父知道了?

老瞎子这才相信:一切都是值得的。一辈子的辛苦都是值得的。能看一回,好好看一回,怎么都是值得的。

"小子,明天我就去抓药。"

"明天?"

"明天。"

"又断了一根了?"

"两根。两根都断了。"

老瞎子把那两根弦卸下来,放在手里揉搓了一会儿,然后把它们并到另外的九百九十八根中去,绑成一捆。

"明天就走?"

"天一亮就动身。"

小瞎子心里一阵发凉。老瞎子开始剥琴槽上的蛇皮。

"可我的病还没好利索。"小瞎子小声叨咕。

"噢,我想过了,你就先留在这儿,我用不了十天就回来。"

小瞎子喜出望外。

"你一个人行不?"

"行!"小瞎子紧忙说。

老瞎子早忘了兰秀儿的事。"吃的,喝的、烧的全有。你要是病好利索了,也该学着自个儿去说回书。行吗?"

"行。"小瞎子觉得有点对不住师父。

蛇皮剥开了,老瞎子从琴槽中取出一张叠得方方正正的纸条。他想起这药方放进琴槽时,自己才二十岁,便觉得浑身上下都好像冷。

小瞎子也把那药方放在手里摸了一会儿,也有了几分肃穆。

"你师爷一辈子才冤呢。"

"他弹断了多少根?"

"他本来能弹够一千根,可他记成了八百。要不然他能弹断一千根。"

天不亮老瞎子就上路了。他说最多十天就回来,谁也没想到他竟去了那么久。

老瞎子回到野羊坳时已经是冬天。

漫天大雪,灰暗的天空连接着白色的群山。没有声息,处处也没有生气,空旷而沉寂。所以老瞎子那顶发了黑的草帽就尤其蹒动得显著。他蹒蹒跚跚地爬上野羊岭。庙院中衰草瑟瑟,蹿出一只狐狸,仓惶逃远。

村里人告诉他,小瞎子已经走了些日子。

"我告诉他我回来。"

"不知道他干吗就走了。"

"他没说去哪儿?留下什么话没?"

"他说让您甭找他。"

"什么时候走的?"

人们想了好久,都说是在兰秀儿嫁到山外去的那天。

老瞎子心里便一切全都明白了。

众人劝老瞎子留下来,这么冰天雪地的上哪儿去?不如在野羊坳说一冬书。老瞎子指指他的琴,人们见琴柄上空荡荡已经没了琴弦。老瞎子面容也憔悴,呼吸也孱弱,嗓音也沙哑了,完全变了个人。他说得去找他的徒弟。

若不是还想着他的徒弟,老瞎子就回不到野羊坳。那张他保存了五十年的药方原来是一张无字的白纸。他不信,请了多少个识字而又诚实的人帮他看,人人都说那果真就是一张无字的白纸。老瞎子在药铺前的台阶上坐了一会儿,他以为是一会儿,其实已经几天几夜,骨头一样的眼珠在询问苍天,脸色也变成骨头一样的苍白。有人以为他是疯了,安慰他,劝他。老瞎子苦笑:七十岁了再疯还有什么意思?他只是再不想动弹,吸引着他活下去、走下去、唱下去的东西骤然间消失干净。就像一根不能拉紧的琴弦,再难弹出赏心悦耳的曲子。老瞎子的心弦断了。现在发现那目的原来是空的。老瞎子在一个小客店里住了很久,觉得身体里的一切都在熄灭。他整天躺在炕上,不弹也不唱,一天天迅速地衰老。直到花光了身上所有的钱,直到忽然想起了他的徒弟,他知道自己的死期将至,可那孩子在等他回去。

茫茫雪野，皑皑群山，天地之间蠕动着一个黑点。走近时，老瞎子的身影弯得如一座桥。他去找他的徒弟。他知道那孩子目前的心情、处境。

他想自己先得振作起来，但是不行，前面明明没有了目标。

他一路走，便怀恋起过去的日子，才知道以往那些奔奔忙忙兴致勃勃的翻山、赶路、弹琴，乃至心焦、忧虑都是多么欢乐！那时有个东西把心弦扯紧，虽然那东西原是虚设。老瞎子想起他师父临终时的情景。他师父把那张自己没用上的药方封进他的琴槽。"您别死，再活几年，您就能睁眼看一回了。"说这话时他还是个孩子。他师父久久不言语，最后说："记住，人的命就像这琴弦，拉紧了才能弹好，弹好了就够了。"……不错，那意思就是说：目的本来没有。老瞎子知道怎么对自己的徒弟说了。可是他又想：能把一切都告诉小瞎子吗？老瞎子又试着振作起来，可还是不行，总摆脱不掉那张无字的白纸……

在深山里，老瞎子找到了小瞎子。

小瞎子正跌倒在雪地里，一动不动，想那么等死。老瞎子懂得那绝不是装出来的悲哀。老瞎子把他拖进一个山洞，他已无力反抗。

老瞎子捡了些柴，打起一堆火。

小瞎子渐渐有了哭声。老瞎子放了心，任他尽情尽意地哭。只要还能哭就还有救，只要还能哭就有哭够的时候。

小瞎子哭了几天几夜，老瞎子就那么一声不吭地守候着。火光和哭声惊动了野兔子、山鸡、野羊、狐狸和鹞鹰……

终于小瞎子说话了："干吗咱们是瞎子！"

"就因为咱们是瞎子。"老瞎子回答。

终于小瞎子又说："我想睁开眼看看，师父，我想睁开眼看看！

哪怕就看一回。"

"你真那么想吗?"

"真想,真想——"

老瞎子把篝火拨得更旺些。

雪停了。铅灰色的天空中,太阳像一面闪光的小镜子。鹞鹰在平稳地滑翔。

"那就弹你的琴弦,"老瞎子说,"一根一根尽力地弹吧。"

"师父,您的药抓来了?"小瞎子如梦方醒。

"记住,得真正是弹断的才成。"

"您已经看见了吗?师父,您现在看得见了?"

小瞎子挣扎着起来,伸手去摸师父的眼窝。老瞎子把他的手抓住。

"记住,得弹断一千二百根。"

"一千二?"

"把你的琴给我,我把这药方给你封在琴槽里。"老瞎子现在才弄懂了他师父当年对他说的话——咱的命就在这琴弦上。

目的虽是虚设的,可非得有不行,不然琴弦怎么拉紧;拉不紧就弹不响。

"怎么是一千二,师父?"

"是一千二,我没弹够,我记成了一千。"老瞎子想:这孩子再怎么弹吧,还能弹断一千二百根?永远扯紧欢跳的琴弦,不必去看那张无字的白纸……

这地方偏僻荒凉,群山不断。荒草丛中随时会飞起一对山鸡,跳出一只野兔、狐狸,或者其他小野兽。山谷中鹞鹰在盘旋。

现在让我们回到开始:

莽莽苍苍的群山之中走着两个瞎子,一老一少,一前一后,两顶发了黑的草帽起伏巅动,匆匆忙忙,像是随着一条不安静的河水在漂流。无所谓从哪儿来、到哪儿去,也无所谓谁是谁……

一九八五年四月

我的遥远的清平湾

北方的黄牛一般分为蒙古牛和华北牛。华北牛中要数秦川牛和南阳牛最好，个儿大，肩峰很高，劲儿足。华北牛和蒙古牛杂交的牛更漂亮，犄角向前弯去，顶架也厉害，而且皮实、好养。对北方的黄牛，我多少懂一点。这么说吧：现在要是有谁想买牛，我担保能给他挑头好的。看体形，看牙口，看精神儿，这谁都知道，光凭这些也许能挑到一头不坏的，可未必能挑到一头真正的好牛。关键是得看脾气。拿根鞭子，一甩，"嗖"的一声，好牛就会瞪圆了眼睛，左蹦右跳。这样的牛干起活来下死劲，走得欢。疲牛呢？听见鞭子响准是把腰往下一塌，闭一下眼睛，忍了。这样的牛，别要。

我插队的时候喂过两年牛，那是在陕北的一个小山村儿——清平湾。

我们那个地方虽然也还算是黄土高原，却只有黄土，见不到真正的平坦的塬地了。由于洪水年年吞噬，塬地总在塌方，顺着沟、渠、小河，流进了黄河。从洛川再往北，全是一座座黄的山峁或一道道黄的山梁，绵延不断。树很少，少到哪座山上有几棵什么树，老乡们都记得清清楚楚。只有打新窑或是做棺木的时候，才放倒一两棵。碗口粗的柏树就稀罕得不得了。要是谁能做上一口薄柏木板的棺材，大伙儿就都佩服，方圆几十里内都会传开。

在山上拦牛的时候，我常想，要是那一座座黄土山都是谷堆、麦垛，山坡上的胡蒿和沟壑里的狼牙刺都是柏树林，就好了。和我一起拦牛的老汉总是"吸溜吸溜"地抽着旱烟，笑笑，说："那可就一股劲儿吃白馍馍了。老汉儿家、老婆儿家都睡一口好材。"

和我一起拦牛的老汉姓白。陕北话里，"白"发"破"的音，我们都管他叫"破老汉"。也许还因为他穷吧，英语中的"poor"就是"穷"的意思。或者还因为别的：那几颗零零碎碎的牙，那几根稀稀拉拉的胡子，尤其是他的嗓子——他爱唱，可嗓子像破锣。傍晚赶着牛回村的时候，最后一缕阳光照在崖畔上，红的。破老汉用镢把挑起一捆柴，扛着，一路走一路唱："崖畔上开花崖畔上红；受苦人①过得好光景……"声音拉得很长，虽不洪亮，但颤巍巍的，悠扬。碰巧了，崖顶上探出两个小脑瓜，竖着耳朵听一阵，跑了；可能是狐狸，也可能是野羊。不过，要想靠打猎为生可不行，野兽很少。我们那地方突出的特点是穷，穷山穷水，"好光景"永远是"受苦人"的一种盼望。天快黑的时候，进山寻野菜的孩子们也都回村了，大的拉着小的，小的扯着更小的，每人的臂弯里都扎着个小篮儿，装的苦菜、苋菜或者小蒜、蘑菇……孩子们跟在牛群后面，"叽叽嘎嘎"地吵，争抢着把牛粪撮回窑里②去。

越是穷地方，农活也越重。春天播种，夏天收麦，秋天玉米、高粱、谷子都熟了，更忙；冬天打坝、修梯田，总不得闲。单说春种吧，往山上送粪全靠人挑。一担粪六七十斤，一早上就得送四五趟；挣两个工分，合六分钱。在北京，才够买两根冰棍儿的。那地

---

① 受苦人：即庄稼人的意思。陕北方言。
② 窑里：即家里之意。陕北方言。

方当然没有冰棍儿,在山上干活渴急了,什么水都喝。天不亮,耕地的人们就扛着木犁、赶着牛上山了。太阳出来,已经耕完了几垧地。火红的太阳把牛和人的影子长长地印在山坡上,扶犁的后面跟着撒粪的,撒粪的后头跟着点籽的,点籽的后头是打土坷垃的,一行人慢慢地、有节奏地向前移动,随着那悠长的吆牛声。吆牛声有时疲惫、凄婉,有时又欢快、诙谐,引动一片笑声。那情景几乎使我忘记自己是生活在哪个世纪,默默地想着人类遥远而漫长的历史。人类好像就是这么走过来的。

清明节的时候我病倒了,腰腿疼得厉害。那时只以为是坐骨神经疼,或是腰肌劳损,没想到会发展到现在这么严重。陕北的清明前后爱刮风,天都是黄的。太阳白蒙蒙的。窑洞的窗纸被风沙打得"刷啦啦"响。我一个人躺在土炕上……

那天,队长端来了一碗白馍……

陕北的风俗,清明节家家都蒸白馍,再穷也要蒸几个。白馍被染得红红绿绿的,老乡管那叫"zi chui"。开始我们不知道是哪两个字,也不知道什么意思,跟着叫"紫锤"。后来才知道,是叫"子推",是为了纪念春秋时期一个叫介子推的人的。破老汉说,那是个刚强的人,宁可被人烧死在山里,也不出去做官。我没有考证过,也不知史学家们对此作何评价。反正吃一顿白馍,清平湾的老老少少都很高兴。尤其是孩子们,头好几天就喊着要吃子推馍馍了。春秋距今两千多年了,陕北的文化很古老,就像黄河。譬如,陕北话中有好些很文的字眼:"喊"不说"喊",要说"呐喊";香菜,叫芫荽;"骗人"也不说"骗人",叫作"玄谎"……连最没文化的老婆儿也会用"酝酿"这词儿。开社员会时,黑压压坐了一窑人,小油灯冒着黑烟,四下里闪着烟袋锅的红光。支书念完了文件,喊一声:"不敢睡!大家讨论个一下!"人群中于是息了鼾声,不紧不慢地应着:"酝酿酝酿了再……"这"酝酿"二字使人想到那儿确是革命圣地,老乡们还记得当年的好作风。可在我们插队的那些年里,"酝酿"不过是一种习惯了的口头语罢了。乡亲们说"酝酿"的时候,心里也明白:球事不顶!可支书让发言,大伙总得有个说的,支书也是难,其实那些政策条文早已经定了。最后,支书再喊一声:"同意啊不?"大伙回答:"同意——"然后回窑睡觉。

那天,队长把一碗"子推"放在炕沿上,让我吃。他也坐在炕沿上,"吧嗒吧嗒"地抽烟。"子推"浮头用的是头两茬面,很白;里头都是黑面,麸子全磨了进去。队长看着我吃,不言语。临走时,他吹吹烟锅儿,说:"唉!'心儿'家不容易,离家远。""心儿"就是孩子的意思。

队里再开会时,队长提议让我喂牛。社员们都赞成。"年轻后生家,不敢让腰腿作下病,好好价把咱的牛喂上!"老老小小见了我都这么说。在那个地方,担粪、砍柴、挑水、清明磨豆腐、端午做凉粉、出麻油、打窑洞……全靠自己动手。腰腿可是劳动的本钱,唯一能够代替人力的牛简直是宝贝。老乡们把喂牛这样的机要工作交给我,我心里很感动,嘴上却说不出什么。农民们不看嘴,看手。

我喂十头,破老汉喂十头,在同一个饲养场上。饲养场建在村子的最高处,一片平地,两排牛棚,三眼堆放草料的破石窑。清平河水整日价"哗哗啦啦"的,水很浅,在村前拐了一个弯儿,形成了一个水潭。河湾的一边是石崖,另一边是一片开阔的河滩。夏天,村里的孩子们光着屁股在河滩上折腾,往水潭里"扑通扑通"地跳,有时候捉到一只鳖,又笑又嚷,闹翻了天。破老汉坐在饲养场前面的窑顶上看着,一袋接一袋地抽烟。"'心儿'家不晓得愁。"他说,然后就哑着个嗓子唱起来:"提起那家来,家有名,家住在绥德三十里铺村……"破老汉是绥德人,年轻时打短工来到清平湾,就住下了。绥德出打短工的,出石匠,出说书的,那地方更穷。

绥德还出吹手。农历年除夕前后,坐在饲养场上,常能听到那欢乐的唢呐声。那些吹手也有从米脂、佳县来的,但多数是从绥德来。他们到处串,随便站在谁家窑前就吹上一阵。如果碰巧哪家要娶媳妇,他们就被请去,"呜里哇啦"地吹一天,吃一天好饭。要是运气不好,吹完了,就只能向人家要一点吃的或钱。或多或少,家家都给,破老汉尤其给得多。他说:"谁也有难下的时候。"原先,他也干过那营生,吃是能吃饱,可是常要受冻,要是没人请,夜里就得住寒窑。"揽工人儿难;哎哟,揽工人儿难,正月里上工十月里满,受的牛马苦,吃的猪狗饭……"他唱着,给牛添草。破老汉一肚子歌。

小时候就知道陕北民歌。到清平湾不久,干活歇下的时候我们就请老乡唱,大伙儿都说破老汉爱唱,也唱得好。"老汉的日子熬煎咧,人愁了才唱得好山歌。"确实,陕北的民歌多半都有一种忧伤的调子。但是,一唱起来,人就快活了。有时候赶着牛出村,破老汉憋细了嗓子唱《走西口》:"哥哥你走西口,小妹妹也难留,手拉着哥哥的手,送哥到大门口。走路你走大路,再不要走小路,大路上人马多,来回解忧愁……"场院上的婆姨、女子们嘻嘻哈哈地冲我嚷:"让老汉儿唱个《光棍哭妻》嘛,老汉儿唱得可美!"破老汉只做没听见,调子一转,唱起了《女儿嫁》:"一更里丁当响,小哥哥进了我的绣房,娘问女孩儿什么响,西北风刮得门闩响嘛哎哟……"

往下的歌词就不宜言传了。我和老汉赶着牛走出很远了，还听见婆姨、女子们在场院上骂。老汉冲我眨眨眼，撅一根柳条，赶着牛，唱一路。

破老汉只带着个七八岁的小孙女过。那孩子小名儿叫"留小儿"。两口人的饭常是她做。

把牛赶到山里，正是晌午。太阳把黄土烤得发红，要冒火似的。草丛里不知名的小虫子"吱——吱——"地叫。群山也显得疲乏，无精打采地互相挨靠着。方圆十几里内只有我和破老汉，只有我们的吆牛声。哪儿有泉水，破老汉都知道，几镢头挖成一个小土坑，一会儿坑里就积起了水。细珠子似的小气泡一串串地往上冒，水很小，又凉又甜。"你看下我来，我也看下你……"老汉喝口水，抹抹嘴，扯着嗓子又唱一句。不知他又想起了什么。

夏天拦牛可不轻闲，好草都长在田边，离庄稼很近。我们东奔西跑地吆喝着，骂着。破老汉骂牛就像骂人，爹、娘、八辈祖宗，骂得那么亲热。稍不留神，哪个狡猾的家伙就会偷吃了田苗。最讨厌的是破老汉喂的那头老黑牛，称得上是"老谋深算"。它能把野草和田苗分得一清二楚。它假装吃着田边的草，慢慢接近田苗，低着头，眼睛却溜着我。我看着它的时候，田苗离它再近它也不吃，一副廉洁奉公的样儿；等我刚一回头，它就趁机啃倒一棵玉米或高粱，调头便走。我识破了它的诡计，它再接近田苗时，假装不看它，等它确信无虞把舌头伸向禁区之际，我才大吼一声。老家伙趔趔趄趄地后退，既惊慌又愧悔，那样子倒有点可怜。

陕北的牛也是苦，有时候看着它们累得草也不想吃，"呼哧呼哧"喘粗气，身子都跟着晃，我真害怕它们趴架。尤其是当那些牛争抢着去舔地上渗出的盐碱的时候，真觉得造物主太不公平。我几次想给它们买些盐,但自己嘴又馋,家里寄来的钱都买鸡蛋吃了。

每天晚上,我和破老汉都要在饲养场上待到十一二点,一遍遍给牛添草。草添得要勤,每次不能太多。留小儿跟在老汉身边,寸步不离。她的小手绢里总包两块红薯或一把玉米粒。破老汉用牛吃剩下的草疙节打起一堆火,干的"噼噼啪啪"响,湿的"嗞嗞"冒烟。火光照亮了饲养场,照着吃草的牛,四周的山显得更高,黑的。留小儿把红薯或者玉米埋在烧尽的草灰里,如果是玉米,就得用树枝拨来拨去,"啪"地一响,爆出了一个玉米花。那是山里娃最好的零嘴儿了。

留小儿没完没了地问我北京的事。"真个是在窑里看电影?""不是窑,是电影院。""前回你说是窑里。""噢,那是电视。一个方匣匣,和电影一样。"她歪着头想,大约想象不出,又问起别的。"啥时想吃肉,就吃?""嗯。""玄谎!""真的。""成天价想吃呢?""那就成天价吃。"这些话她问过好多次了,也知道我怎么回答,但还是问。"你说北京人都不爱吃白肉?"她觉得北京人不爱吃肥肉,很奇怪。她仰着小脸儿,望着天上的星星,北京的神秘,对她来说,不亚于那道银河。

"山里的娃娃什么也解①不开。"破老汉说。破老汉是见过世面的,他三七年就入了党,跟队伍一直打到广州。他常常讲起广州:霓虹灯成宿地点着、广州人连蛇也吃、到处是高楼、楼里有电梯……留小儿听得觉也不睡。我说:"城里人也不懂得农村的事呢。""城里人解开个狗吗?"留小儿问,"咯咯"地笑。她指的是我们刚到清平湾的时候,被狗追得满村跑。"学生价连犍牛和牤牛也解不开,"

---

① 解:陕北方言中读 hài。

留小儿说着去摸摸正在吃草的牛,一边数叨,"红犍牛、猴①犍牛、花生牛……爷!老黑牛怕是难活②下了,不肯吃!""它老了,熬③了。"老汉说。山里的夜晚静极了,只听得见牛吃草的"沙沙"声,蛐蛐叫,有时远处还传来狼嗥。破老汉有把破胡琴,"吱吱嘎嘎"地拉起来,唱:"一九头上才立冬,闯王领兵下河东,幽州困住杨文广,年太平,金花小姐领大兵……"把历史唱了个颠三倒四。

留小儿最常问的还是天安门。"你常去天安门?""常去。""常能照着④毛主席?""哪的来,我从来没见过。""咦?!他就盛⑤在天安门上,你去了会照不着?"她大概以为毛主席总站在天安门上,像画上画的那样。有一回她趴在我耳边说:"你冬里回北京把我引上行不?"我说:"就怕你爷爷不让。""你跟他说说嘛,他可相信你说的了。盘缠我有。""你哪儿来的钱?""卖鸡蛋的钱,我爷爷不要,都给了我,让我买褂褂儿的。""多少?""五块!""不够。""嘻——,我哄你,看,八块半!"她掏出个小布包,打开,有两张一块的,其余全是一毛、两毛的。那些钱大半是我买了鸡蛋给破老汉的。平时实在是饿得够呛,想解解馋,也就是买几个鸡蛋。我怎么跟留小儿说呢?我真想冬天回家时把她带上。可就在那年冬天,我病厉害了。

其实,喂牛没什么难的,用破老汉的话说,只要勤谨,肯操心

---

① 猴:小。
② 难活:病。
③ 熬:累。
④ 照着:望见。
⑤ 盛:住。

就行。喂牛，苦不重①，就是熬人，夜里得起来好几趟，一年到头睡不成个囫囵觉。冬天，半夜从热被窝里爬出来的滋味可不是好受的。尤其五更天给牛拌料，牛埋下头吃得香，我坐在牛槽边的青石板上能睡好几觉。破老汉在我耳边叨唠：黑市的粮价又涨了、合作社来了花条绒、留小儿的袄烂得露了花……我"哼哼哈哈"地应着，刚梦见全聚德的烤鸭，又忽然掉进了什刹海的冰窟窿，打个冷颤醒了，破老汉还没唠叨完。"要不回窑睡去吧，二次料我给你拌上。"老汉说。天上划过一道亮光，是流星。月亮也躲进了山谷。星星和山峦，不知是谁望着谁，或者谁忘了谁。"这营生不是后生家做的，后生家正是好睡觉的时候，"破老汉说，然后"唉，唉——"地发着感慨。我又迷迷糊糊地入了梦乡。

碰上下雨下雪，我们俩就躲进牛棚。牛棚里净是粪尿，连打个盹的地方也没有。那时候我的腿和腰就总酸疼。"倒运的天！"破老汉骂，然后对我说，"北京够咋美，偏来这山沟沟里做什么嘛！""您那时候怎么没留在广州？"我随便问。他抓抓那几根黄胡子，用烟锅儿在烟荷包里不停地剜，瞪着眼睛愣半天，说："咋！让你把我问着了，我也不晓球咋价日鬼的。"然后又愣半天，似乎回忆着到底是什么原因。"唉，球毛擀不成个毡，山里人当不成个官。"他说，"我那辰儿要是不回来，这辰儿也住上洋楼了，也把警卫员带上了。山里人憨着咧，只想打罢了仗就回家，哪搭儿也不胜窑里好。球！要不，我的留小儿这辰儿还愁穿不上个条绒袄儿？"

每回家里给我寄钱来，破老汉总嚷着让我请他抽纸烟。"行！"我说，"'牡丹'的怎么样？""唏——，'黄金叶'的就拔尖了！""可

---

① 苦不重：活儿不重。

有个条件,"我凑到他耳边,"得给'后沟里的'送几根去。""憨娃娃!"他骂。"后沟里的"指的是住在后沟里的一个寡妇,比破老汉小十几岁,村里人都知道那寡妇对破老汉不错。老汉抽着纸烟,望着远处。我也唱一句:"你看下我来,我也看下你……"递给他几根纸烟,向后沟的方向示意。他不言传,笑眯眯地不知想着什么。末了,他把几根纸烟装进烟荷包,说:"留小儿大了嫁到北京去呀!"说罢笑笑,知道那是不沾边儿的事。

在后山上拦牛的时候,远远地望着后沟里的那眼土窑洞,我问破老汉:"那婆姨怎么样?""亮亮妈,人可好。"他说。我问:"那你干吗不跟她过?""唏——,老了老了还……"他打岔,"算了吧!"我说:"那你夜里常往她窑里跑?"我其实是开玩笑。"咦!不敢瞎说!"他装得一本正经。我诈他:"我都看见了,你还不承认!"他不言传了,尴尬地笑着。其实我什么也没看见。

破老汉望着山脚下的那眼窑洞。窑前,亮亮妈正费力地劈着一疙瘩树根,一个男孩子帮着她劈,是亮亮。"我看你就把她娶了吧,她一个人也够难的。再说,也就有人给你缝衣裳了。""唉,丢下留小儿谁管?""一搭里过嘛!""她的亮亮也娇惯得危险①,留小儿要受气呢。后妈总不顶亲的。""什么后妈,留小儿得管她叫奶奶了。""还不一样?"山里没人,我们敞开了说。亮亮家的窑顶上冒起了炊烟。老汉呆呆地望着,一缕蓝色的轻烟在山沟里飘绕。小学校放学的钟声"当当"地敲响了。太阳下山了,收工的人们扛着锄头在暮霭中走。拦羊的也吆喝着羊群回村了,大羊喊,小羊叫,"咩咩"地响成一片。老汉还是呆呆地坐着,闷闷地抽烟。他分明是心动了,

---

① 危险:严重、厉害之意。

我的遥远的清平湾

可又怕对不起留小儿。留小儿的大①死得惨,平时谁也不敢向破老汉问起这事,据说,老汉一想起就哭,自己打自己的嘴巴。听说,都是因为破老汉舍不得给大夫多送些礼,把儿子的病给耽误了,其实,送十来斤米或者面就行。那些年月啊!

秋天,在山里拦牛简直是一种享受。庄稼都收完了,地里光秃秃的,山洼、沟掌里的荒草却长得茂盛。把牛往沟里一轰,可以躺在沟门上睡觉;或是把牛赶上山,在下山的路口上坐下,看书。秋天的色彩也不再那么单调:半崖上小灌木的叶子红了;杜梨树的叶子黄了;酸枣棵子缀满了珊瑚珠似的小酸枣……尤其是山坡上绽开了一丛丛野花,淡蓝色的,一丛挨着一丛,雾蒙蒙的。灰色的小田鼠从黄土坷垃后面探头探脑;野鸽子从悬崖上的洞里钻出来,"扑棱棱"飞上天;野鸡"咕咕嘎嘎"地叫,时而出现在崖顶上,时而又钻进了草丛……我很奇怪,生活么苦,竟然没人捕食这些小动物。也许是因为没有枪,也许是因为这些鸟太小也太少,不过多半还是因为别的。譬如:春天燕子飞来时,家家都把窗户打开,希望燕子到窑里来做窝,很多家窑里都住着一窝燕儿,没人伤害它们。谁要是说燕子的肉也能吃,老乡们就会露出惊讶的神色,瞪你一眼:"咦!燕儿嘛!"仿佛那无异于亵渎了神灵。

种完了麦子,牛就都闲下来了,我和破老汉整天在山里拦牛。老汉不闲着,把牛赶到地方,跟我交待几句就不见了。有时忽然见他出现在半崖上,奋力地劈砍着一棵小灌木。吃的难,烧的也难,为了一小把柴,常要爬上很高很陡的悬崖。老汉说,过去不是这样,过去人少,山里的好柴砍也砍不完,密密匝匝的,人也钻不进去。

---

① 大:爹。

老人们最怀恋的是红军刚到陕北的时候，打倒了地主，分了地，单干。"才红了①那辰儿，吃也有的吃，烧也有的烧，这咋会儿，做过啦②！"老乡们都这么说。真是，"这咋会儿"，迷信活动倒死灰复燃。有一回，传说从黄河东来了神神，有些老乡到十几里外的一个破庙去祷告，许愿。破老汉不去。我问他为什么，他皱着眉头不说，又哼哼起《山丹丹开花红艳艳》。那是才红了那辰儿的歌。过了半天，使劲磕磕烟袋锅，叹了口气："都是那号婆姨闹的！""哪号儿？"我有点儿明知故问。他用烟袋指指天，摇摇头，撇撇嘴："那号婆姨，我一照就晓得……"如此算来，破老汉反"四人帮"要比"四五"运动早好几年呢！

在山里，有那些牛做伴，即便剩我一个人也并不寂寞。我半天半天地看着那些牛，它们的一举一动都意味着什么，我全懂。平时，牛不爱叫，只有奶着犊子的生牛才爱叫。太阳一偏西，奶着犊儿的生牛就急着要回村了，你要是不让它回，它就"哞——哞——"地叫个不停，急得团团转，无心再吃草。有一回，我在山洼洼里，睡着了，醒来太阳已经挨近了山顶。我和破老汉吆起牛回村，忽然发现少了一头。山里常有被雨水冲成的暗洞，牛踩上就会掉下去摔坏。破老汉先也一惊，但马上看明白了，说："没麻搭，它想了儿，回去了。"我才发现，少了的是一头奶犊儿的生牛。离村老远，就听见饲养场上一声声牛叫了，儿一声，娘一声，似乎一天不见，母子间有说不完的贴心话。牛不老③在母亲肚子底下一下一下地撞，吃奶，母

---

① 才红了：指红军刚到陕北。
② 做过啦：弄糟了。
③ 牛不老：牛犊。

我的遥远的清平湾

牛的目光充满了温柔、慈爱，神态那么满足，平静。我喜欢那头母牛，喜欢那只牛不老。我最喜欢的是一头红犍牛，高高的肩峰，腰长腿壮，单套也能拉得动大步犁。红犍牛的犄角长得好，又粗又长，向前弯去，几次碰上邻村的牛群，它都把对方的首领顶得败阵而逃。我总是多给它拌些料，犒劳它。但它不是首领。最讨厌的还是那头老黑牛，不仅老奸巨猾，而且专横跋扈，双套它也会气喘吁吁，却占着首领的位置。遇到外"部落"的首领，它倒也勇敢，但不下两个回合，便跑得比平时都快了。那头老生牛就好，虽然比老黑牛还老，却和蔼得很，再小的牛冲它伸伸脖子，它也会耐心地为之舔毛……和牛在一起，也可谓其乐无穷了，不然怎么办呢？方圆十几里内看不见一个人，全是山。偶尔有拦羊的从山梁上走过，冲我呐喊两声。黑色的山羊在陡峭的岩壁上走，如走平地，远远看去像是悬挂着的棋盘；白色的绵羊走在下边，是白棋子。山沟里有泉水，渴了就喝，热了就脱个精光，洗一通。那生活倒是自由自在，就是常常饿肚子。

　　破老汉有个弟弟，我就是顶替了他喂牛的。据说那人奸猾，偷牛料，头几年还因为投机倒把坐过县大狱。我倒不觉得那人有多坏，他不过是蒸了白馍跑到几十里外的车站上去卖高价，从中赚出几升玉米、高粱米。白面自家舍不得吃。还说他捉了乌鸦，做熟了当鸡卖，而且白馍里也掺了假。破老汉看不上他弟弟，破老汉佩服的是老老实实的受苦人。

　　一阵山歌，破老汉担着两捆柴回来了。"饿了吧？"他问我。"我把你的干粮吃了。"我说。"吃得下那号干粮？"他似乎感到快慰。他"哼哼唉唉"地唱着，带我到山背洼里的一棵大杜梨树下。"咋吃！"他说着爬上树去。他那年已经五十六岁了，看上去还要老，可爬起树来却比我强。他站在树上,把一杈杈结满了杜梨的树枝撅下来,扔给我。那果实是古铜色的,小指盖儿大小,上面有黄色的碎斑点,酸极了,倒牙。老汉坐在树杈上吃,又唱起来:"对面价沟里流河水,横山里下来些游击队……"那是《信天游》。老汉大约又想起了当年。他说他给刘志丹抬过棺材,守过灵。别人说他是吹牛。破老汉有时是好吹吹牛。"牵牛牛开花羊跑青,二月里见罢到如今……"还是《信天游》。我冲他喊:"不是夜来黑喽①才见罢吗?""憨娃娃,你还不赶紧寻个婆姨?操心把'心儿'耽误下!"他反唇相讥。"'后沟里的'可会迷男人?""咦!亮亮妈,人可好!""这两捆柴,敢是给亮亮妈砍的吧?""谁情愿要,谁扛去。"这话是真的,老汉穷,可不小气。

　　有一回我半夜起来去喂牛,借着一缕淡淡的月光,摸进草窑。刚要揽草,忽然从草堆里站起两个人来,吓得我头皮发麻,不禁喊了一声,把那两个人也吓得够呛。一个岁数大些的连忙说:"别怕,我们是好人。"破老汉提着个马灯跑了来,以为是有了狼。那两个人是瞎子说书的,从绥德来。天黑了,就摸进草窑,睡了。破老汉把他们引回自家窑里,端出剩干粮让他们吃。陕北有句民谣:"老乡见老乡,两眼泪汪汪。"老汉和两个瞎子长吁短叹,唠了一宿。

　　第二天晚上,破老汉操持着,全村人出钱请两个瞎子说了一回书。书说得乱七八糟,李玉和也有,姜太公也有,一会是伍子胥一夜白了头,一会又是主席语录。窑顶上,院墙上,磨盘上,坐得全是人,都听得入神。可说的是什么,谁也含糊。人们听的是那么个

---

① 夜来黑喽:昨天晚上。

调调儿。陕北的说书实际是唱,弹着三弦儿,哀哀怨怨地唱,如泣如诉,像是村前汨汨而流的清平河水。河水上跳动着月光。满山的高粱、谷子被晚风吹得"沙沙"响。时不时传来一阵响亮的驴叫。破老汉搂着留小儿坐在人堆里,小声跟着唱。亮亮妈带着亮亮坐在窑顶上,穿得齐齐整整。留小儿在老汉怀里睡着了,她本想是听完了书再去饲养场上爆玉米花的,手里攥着那个小手绢包儿。山村里难得热闹么一回。

我倒宁愿去看牛顶架,那实在也是一项有益的娱乐,给人一种力量的感受,一种拼搏的激励。我对牛打架颇有研究。二十头牛(主要是那十几头犍牛、公牛)都排了座次,当然不是以姓氏笔画为序,但究竟根据什么,我一开始也糊涂。我喂的那头最壮的红犍牛却敬畏破老汉喂的那头老黑牛。红犍牛正是年轻力壮的时候,肩峰上的肌肉像一座小山,走起路来步履生风;而老黑牛却已显出龙钟老态,也瘦,只剩了一副高大的骨架。然而,老黑牛却是首领。遇上有哪头母牛发了情,老黑牛便几乎不吃不喝地看定在那母牛身旁,绝不允许其他同性接近。我几次怂恿红犍牛向它挑战,然而只要老黑牛晃晃犄角,红犍牛便慌忙躲开。我实在憎恨老黑牛的狂妄、专横,又为红犍牛的怯懦而生气。后来我才知道,牛的排座次是根据每年一度的角斗,谁夺了魁,便在这一年中被尊崇为首领,享有"三宫六院"的特权,即便它在这一年中变得病弱或衰老,其他的牛也仍为它当年的威风所震慑,不敢贸然不恭。习惯势力到处在起作用。可是,一开春就不同了,闲了一冬,十几头犍牛、公牛都积攒了气力,是重新较量、争魁的时候了。"男子汉"们各自权衡了对手和自己的实力,自然地推举出一头(有时是两头)体魄最大,实力最强的新秀,与前冠军进行决赛。那年春天,我的红犍牛正处在新秀的位置上,开始对老黑牛有所怠慢了。我悄悄促成它们的决斗,把它们引到开阔的河滩上去(否则会有危险)。这事不能让破老汉发觉,否则他会骂。一开始,红犍牛仍有些胆怯,老黑牛尚有余威。但也许是春天的母牛们都显得越发俊俏吧,红犍牛终于受不住异性的吸引或是轻蔑,"哞——哞——"地叫着向老黑牛挑战了。它们拉开了架势,对峙着,用蹄子刨土,瞪红了眼睛,慢慢地接近,接近……猛地扭打到一起。这时候需要的是力量,是勇气。犄角的形状起很大作用,倘是两只粗长而向前弯去的角,便极有利,左右一晃就会顶到对方的虚弱处。然而,红犍牛和老黑牛都长了这样两只角。这就要比机智了。前冠军毕竟老朽了,过于相信自己的势力和威风,新秀却认真、敏捷。红犍牛占据了有利地形(站在高一些的地方比较有利),逼得老黑牛步步退却,只剩招架之功。红犍牛毫不松懈,瞧准机会把头一低,一晃一冲,顶到了对方的脖子。老黑牛转身败走,红犍牛追上去再给老首领的屁股上加一道失败的标记。第一回合就此结束。这样的较量通常是五局三胜制或九局五胜制。新秀连胜几局,元老便自愿到一旁回忆自己当年的矫勇去了。

为了这事,破老汉阴沉着脸给我看。我笑嘻嘻地递过一根纸烟去。他抽着烟,望着老黑牛屁股上的伤痕,说:"它老了呀!它救过人的命……"

据说,有一年除夕夜里,家家都在窑里喝米酒,吃油馍,破老汉忽然听见牛叫、狼嗥。他想起了一只出生不久的牛不老,赶紧跑到牛棚。好家伙,就见这黑牛把一只狼顶在墙旮旯里。黑牛的脸被狼抓得流着血,但它一动不动,把犄角牢牢地插进了狼的肚子。老汉打死了那只狼,卖了狼皮,全村人抽了一回纸烟。

"不，不是这。"破老汉说，"那一年村里的牛死的死，杀的杀（他没说是哪年），快光了。全凭好歹留下来的这头黑牛和那头老生牛，村里的牛才又多起来。全靠了它，要不全村人倒运吧！"破老汉摸摸老黑牛的犄角。他对它分外敬重。"这牛死了，可不敢吃它的肉，得埋了它。"破老汉说。

可是，老黑牛最终还是被人拖到河滩上杀了。那年冬天，老黑牛不小心踩上了山坡上的暗洞，摔断了腿。牛被杀的时候要流泪，是真的。只有破老汉和我没有吃它的肉。那天村里处处飘着肉香。老汉呆坐在老黑牛空荡荡的槽前，只是一个劲儿抽烟。

我至今还记得这么件事：有天夜里，我几次起来给牛添草，都发现老黑牛站着，不卧下。别的牛都累得早早地卧下睡了，只有它喘着粗气，站着。我以为它病了，走进牛棚，摸摸它的耳朵，这才发现，在它肚皮底下卧着一只牛不老。小牛犊正睡得香，响着均匀的鼾声。牛棚很窄，各有各的"床位"，如果老黑牛卧下，就会把小牛犊压坏。我把小牛犊赶开（它睡的是"自由床位"），老黑牛"扑通"一声卧倒了。它看着我，我看着它。它一定是感激我了，它不知道谁应该感激它。

那年冬天我的腿忽然用不上劲儿了，回到北京不久，两条腿都开始萎缩。

住在医院里的时候，一个从陕北回京探亲的同学来看我，带来了乡亲们捎给我的东西：小米、绿豆、红枣儿、芝麻……我认出了一个小手绢包儿，我知道那里头准是玉米花。

那个同学最后从兜里摸出一张十斤的粮票，说是破老汉让他捎给我的。粮票很破，渍透了油污，中间用一条白纸相连。

"我对他说这是陕西省通用的,在北京不能用,破老汉不信,说:'咦!你们北京就那么高级?我卖了十斤好小米换来的,咋啦不能用?!'我只好带给你。破老汉说你治病时会用得上。"

唔,我记得他儿子的病是怎么耽误了的,他以为北京也和那儿一样。

十年过去了。前年留小儿来了趟北京,她真的自个儿攒够了盘缠!她说这两年农村的生活好多了,能吃饱,一年还能吃好多回肉。她说,黑肉①真的还是比白肉好吃些。

"清平河水还流吗?"我糊里巴涂地这样问。

"流哩嘛!"留小儿"格格"地笑。

"我那头红犍牛还活着吗?"

"在哩!老下了。"

我想象不出我那头浑身是劲儿的红犍牛老了会是什么样,大概跟老黑牛差不多吧,既专横又慈爱……

留小儿给他爷爷买了把新二胡。自己想买台缝纫机,可是没买到。

"你爷爷还爱唱吗?"

"整天价瞎唱。"

"还唱《走西口》吗?"

"唱。"

"《揽工调》呢?"

---

① 黑肉:瘦肉或精肉。

"什么都唱。"

"不是愁了才唱吗?"

"咦?!谁说?"

关于民歌产生的原因,还是请音乐家和美学家们去研究吧。我只是常常记起牛群在土地上舔食那些渗出的盐的情景,于是就又想起破老汉那悠悠的山歌:"崖畔上开花崖畔上红,受苦人过得好光景……"如今,"好光景"已不仅仅是"受苦人"的一种盼望了。老汉唱的本也不是崖畔上那一缕残阳的红光,而是长在崖畔上的一种野花,叫山丹丹,红的,年年开。

哦,我的白老汉,我的牛群,我的遥远的清平湾……

一九八二年十二月

散文篇

合欢树
我的梦想
我二十一岁那年
墙下短记
我与地坛

合 欢 树

十岁那年，我在一次作文比赛中得了第一。母亲那时候还年轻，急着跟我说她自己，说她小时候的作文作得还要好，老师甚至不相信那么好的文章会是她写的。"老师找到家来问，是不是家里的大人帮了忙。我那时可能还不到十岁呢。"我听得扫兴，故意笑："可能？什么叫可能还不到？"她就解释。我装作根本不再注意她的话，对着墙打乒乓球，把她气得够呛。不过我承认她聪明，承认她是世界上长得最好看的女的。她正给自己做一条蓝地白花的裙子。

二十岁，我的两条腿残废了。除去给人家画彩蛋，我想我还应该再干点别的事，先后改变了几次主意，最后想学写作。母亲那时已不年轻，为了我的腿，她头上开始有了白发。医院已经明确表示，我的病目前没办法治。母亲的全副心思却还放在给我治病上，到处找大夫，打听偏方，花很多钱。她倒总能找来些稀奇古怪的药，让我吃，让我喝，或者是洗、敷、熏、灸。"别浪费时间啦！根本没用！"我说。我一心只想着写小说，仿佛那东西能把残疾人救出困境。"再试一回，不试你怎么知道会没用？"她说。每一回都虔诚地抱着希望。然而对我的腿，有多少回希望就有多少回失望。最后一回，我的胯上被熏成烫伤。医院的大夫说，这实在太悬了，对于瘫痪病人，这差不多是要命的事。我倒没太害怕，心想死了也好，死了倒痛快。母亲惊惶了几个月，昼夜守着我，一换药就说："怎么会烫了呢？我还直留神呀！"幸亏伤口好起来，不然她非疯了不可。

后来她发现我在写小说。她跟我说："那就好好写吧。"我听出来，她对治好我的腿也终于绝望。"我年轻的时候也最喜欢文学，"她说。"跟你现在差不多大的时候，我也想过搞写作，"她说。"你小时候的作文不是得过第一？"她提醒我说。我们俩都尽力把我的腿忘掉。她到处去给我借书，顶着雨或冒了雪推我去看电影，像过去给我找大夫，打听偏方那样，抱了希望。

三十岁时，我的第一篇小说发表了，母亲却已不在人世。过了几年，我的另一篇小说又侥幸获奖，母亲已经离开我整整七年。

获奖之后，登门采访的记者就多，大家都好心好意，认为我不容易。但是我只准备了一套话，说来说去就觉得心烦。我摇着车躲出去，坐在小公园安静的树林里，闭上眼睛，想：上帝为什么早早地召母亲回去呢？很久很久，迷迷糊糊的我听见了回答："她心里太苦了。上帝看她受不住了，就召她回去。"我似乎得到一点儿安慰，睁开眼睛，看见风正从树林里穿过。

我摇车离开那儿，在街上瞎逛，不想回家。

母亲去世后，我们搬了家。我很少再到母亲住过的那个小院儿去。小院儿在一个大院儿的尽里头，我偶尔摇车到大院儿去坐坐，但不愿意去那个小院儿，推说手摇车进去不方便。院儿里的老太太们还都把我当儿孙看，尤其想到我又没了母亲，但都不说，光扯些闲话，怪我不常去。我坐在院子当中，喝东家的茶，吃西家的瓜。有一年，人们终于又提到母亲："到小院儿去看看吧，你妈种的那棵合欢树今年开花了！"我心里一阵抖，还是推说手摇车进出太不易。

大伙就不再说，忙扯些别的，说起我们原来住的房子里现在住了小两口，女的刚生了个儿子，孩子不哭不闹，光是瞪着眼睛看窗户上的树影儿。

我没料到那棵树还活着。那年，母亲到劳动局去给我找工作，回来时在路边挖了一棵刚出土的"含羞草"，以为是含羞草，种在花盆里长，竟是一棵合欢树。母亲从来喜欢那些东西，但当时心思全在别处。第一二年合欢树没有发芽，母亲叹息了一回，还不舍得扔掉，依然让它长在瓦盆里。第三年，合欢树却又长出叶子，而且茂盛了。母亲高兴了很多天，以为那是个好兆头，常去侍弄它，不敢再大意。又过一年，她把合欢树移出盆，栽在窗前的地上，有时念叨，不知道这种树几年才开花。再过一年，我们搬了家，悲痛弄得我们都把那棵小树忘记了。

与其在街上瞎逛，我想，不如就去看看那棵树吧。我也想再看看母亲住过的那间房。我老记着，那儿还有个刚来到世上的孩子，不哭不闹，瞪着眼睛看树影儿。是那棵合欢树的影子吗？小院儿里只有那棵树。

院儿里的老太太们还是那么欢迎我，东屋倒茶，西屋点烟，送到我跟前。大伙都不知道我获奖的事，也许知道，但不觉得那很重要，还是都问我的腿，问我是否有了正式工作。这回，想摇车进小院儿真是不能了，家家门前的小厨房都扩大，过道窄到一个人推自行车进出也要侧身。我问起那棵合欢树。大伙说，年年都开花，长到房高了。这么说，我再看不见它了。我要是求人背我去看，倒也不是不行。我挺后悔前两年没有自己摇车进去看看。

我摇着车在街上慢慢走，不急着回家。人有时候只想独自静静地待一会。悲伤也成享受。

有一天那个孩子长大了,会想起童年的事,会想起那些晃动的树影儿,会想起他自己的妈妈,他会跑去看看那棵树。但他不会知道那棵树是谁种的,是怎么种的。

一九八四年十一月

我的梦想

也许是因为人缺了什么就更喜欢什么吧,我的两条腿一动不能动,却是个体育迷。

我不光喜欢看足球、篮球以及各种球类比赛,也喜欢看田径、游泳、拳击、滑冰、滑雪、自行车和汽车比赛,总之我是个全能体育迷。

当然都是从电视里看,体育馆场门前都有很高的台阶,我上不去。如果这一天电视里有精彩的体育节目,好了,我早晨一睁眼就觉得像过节一般,一天当中无论干什么心里都想着它,一分一秒都过得愉快。有时我也怕很多重大比赛集中在一天或几天(譬如刚刚闭幕的奥运会),那样我会把其他要紧的事都耽误掉。

其实我是第二喜欢足球,第三喜欢文学,第一喜欢田径。我能说出所有田径项目的世界纪录是多少,是由谁保持的,保持的时间长还是短。

譬如说男子跳远纪录是由比蒙保持的,二十年了还没有人能破,不过这事不大公平,比蒙是在地处高原的墨西哥城跳出这八米九〇的,而刘易斯在平原跳出的八米七二事实上比前者还要伟大,但却不能算世界纪录。

这些纪录是我顺便记住的，田径运动的魅力不在于纪录，人反正是干不过上帝，但人的力量、意志和优美却能从那奔跑与跳跃中得以充分展现，这才是它的魅力所在。它比任何舞蹈都好看，任何舞蹈跟它比起来都显得矫揉造作甚至故弄玄虚。

也许是我见过的舞蹈太少了。而你看刘易斯或者摩西跑起来，你会觉得他们是从人的原始中跑来，跑向无休止的人的未来，全身如风似水般滚动的肌肤就是最自然的舞蹈和最自由的歌。

我最喜欢并且羡慕的人就是刘易斯。他身高一米八八，肩宽腿长，像一头黑色的猎豹，随便一跑就是十秒以内，随便一跳就在八米开外，而且在最重要的比赛中他的动作也是那么舒展、轻捷、富于韵律，绝不像流行歌星们的唱歌，唱到最后总让人怀疑这到底是要干什么。

不怕读者诸君笑话，我常暗自祈祷上苍，假若人真能有来世，我不要求别的，只要求有刘易斯那样一副身体就好。

我还设想，那时的人又会普遍比现在高了，因此我至少要有一米九以上的身材，那时的百米速度也会普遍比现在快，所以我不能只跑九秒九几。

做小说的人多是白日梦患者。好在这白日梦并不令我沮丧，我是因为现实的这个史铁生太令人沮丧，才想出这法子来给他宽慰与向往。

我对刘易斯的喜爱和崇拜与日俱增。相信他是世界上最幸福的人。我想若是有什么办法能使我变成他，我肯定不惜一切代价，如果我来世能有那样一个健美的躯体，今生这一身残病的折磨也就得了足够的报偿。

奥运会上,约翰逊战胜刘易斯的那个中午我难过极了,心里别别扭扭别别扭扭的一直到晚上,夜里也没睡好觉。眼前老翻腾着中午的场面:所有的人都在向约翰逊欢呼,所有的旗帜与鲜花都向约翰逊挥舞,浪潮般的记者们簇拥着约翰逊走出比赛场,而刘易斯被冷落在一旁。刘易斯当时那茫然若失的目光就像个可怜的孩子,让我一阵阵的心疼。

一连几天我都闷闷不乐,总想着刘易斯此刻会怎样痛苦,不愿意再看电视里重播那个中午的比赛,不愿意听别人谈论这件事,甚至替刘易斯嫉妒着约翰逊,在心里找很多理由向自己说明还是刘易斯最棒,自然这全无济于事,我竟似比刘易斯还败得惨,还迷失得深重。

这岂不是怪事么?在外人看来这岂不是精神病么?我慢慢去想其中的原因。

是因为一个美的偶像被打破了么?如果仅仅是这样,我完全可以惋惜一阵再去竖立起约翰逊嘛,约翰逊的雄姿并不比刘易斯逊色。

是因为我这人太恋旧,骨子里太保守吗?可是我非常明白,后来者居上是最应该庆祝的事。

或者是刘易斯没跑好让我遗憾?可是九秒九二是他最好的成绩。

到底为什么呢?最后我知道了:我看见了所谓"最幸福的人"的不幸,刘易斯那茫然的目光使我的"最幸福"的定义动摇了继而粉碎了。

上帝从来不对任何人施舍"最幸福"这三个字，他在所有人的欲望前面设下永恒的距离，公平地给每一个人以局限。如果不能在超越自我局限的无尽路途上去理解幸福，那么史铁生的不能跑与刘易斯的不能跑得更快就完全等同，都是沮丧与痛苦的根源。假若刘易斯不能懂得这些事，我相信，在前述那个中午，他一定是世界上最不幸的人。

在百米决赛后的第二天，刘易斯在跳远决赛中跳出了八米七二，他是个好样的。看来他懂。他知道奥林匹斯山上的神火为何而燃烧，那不是为了一个人把另一个人战败，而是为了有机会向诸神炫耀人类的不屈，命定的局限尽可永在，不屈的挑战却不可须臾或缺。我不敢说刘易斯就是这样，但我希望刘易斯是这样，我一往情深地喜爱并崇拜这样一个刘易斯。

这样，我的白日梦就需要重新设计一番了。至少我不再愿意用我领悟到的这一切，仅仅去换一个健美的躯体，去换一米九以上的身高和九秒七九乃至九秒六九的速度，原因很简单，我不想在来世的某一个中午成为最不幸的人，即使人可以跑出九秒五九，也仍然意味着局限。

我希望既有一个健美的躯体又有一个了悟了人生意义的灵魂，我希望二者兼得。但是，前者可以祈望上帝的恩赐，后者却必须在千难万苦中靠自己去获取——我的白日梦到底该怎样设计呢？千万不要说，倘若二者不可兼得你要哪一个？不要这样说，因为人活着必要有一个最美的梦想。

后来得知，约翰逊跑出了九秒七九是因为服用了兴奋剂。对此

我的梦想　53

我们该说什么呢?

我在报纸上见了这样一个消息,他的牙买加故乡的人们说,"约翰逊什么时候愿意回来,我们都会欢迎他,不管他做错了什么事,他都是牙买加的儿子。"这几句话让我感动至深。难道我们不该对灵魂有了残疾的人,比对肢体有了残疾的人,给予更多的同情和爱吗?

一九八八年十二月

我二十一岁那年

　　友谊医院神经内科病房有十二间病室，除去一号二号，其余十间我都住过。当然，决不为此骄傲。既便多么骄傲的人，据我所见，一躺上病床也都谦恭。一号和二号是病危室，是一步登天的地方，上帝认为我住那儿为时尚早。

　　十九年前，父亲搀扶着我第一次走进那病房。那时我还能走，走得艰难，走得让人伤心就是了。当时我有过一个决心：要么好，要么死，一定不再这样走出来。

　　正是晌午，病房里除了病人的微鼾，便是护士们轻极了的脚步，满目洁白，阳光中飘浮着药水的味道，如同信徒走进了庙宇我感觉到了希望。一位女大夫把我引进十号病室。她贴近我的耳朵轻轻柔柔地问："午饭吃了没？"我说："您说我的病还能好吗？"她笑了笑。记不得她怎样回答了，单记得她说了一句什么之后，父亲的愁眉也略略地舒展。女大夫步履轻盈地走后，我永远留住了一个偏见：女人是最应该当大夫的，白大褂是她们最优雅的服装。

　　那天恰是我二十一岁生日的第二天。我对医学对命运都还未及了解，不知道病出在脊髓上将是一件多么麻烦的事。我舒心地躺下来睡了个好觉。心想：十天，一个月，好吧就算是三个月，然后我就又能是原来的样子了。和我一起插队的同学来看我时，也都这样想，他们给我带来很多书。

十号有六个床位。我是六床。五床是个农民，他天天都盼着出院。"光房钱一天就一块一毛五，你算算得啦，"五床说，"死呗可值得了这么些?"三床就说："得了嘿你有完没完! 死死死，数你悲观。"四床是个老头，说："别介别介，咱毛主席有话啦——既来之，则安之。"农民便带笑地把目光转向我，却是对他们说："敢情你们都有公费医疗。"他知道我还在与贫下中农相结合。一床不说话，一床一旦说话即可出院。二床像是个有些来头的人，举手投足之间便赢得大伙的敬畏。二床幸福地把一切名词都忘了，包括忘了自己的姓名。二床讲话时，所有名词都以"这个""那个"代替，因而讲到一些轰轰烈烈的事迹却听不出是谁人所为。四床说："这多好，不得罪人。"

我不搭茬儿。刚有的一点舒心倾刻全光。一天一块多房钱都要从父母的工资里出，一天好几块的药钱、饭钱都要从父母的工资里出，何况为了给我治病家中早已是负债累累了。我马上就想那农民之所想了：什么时候才能出院呢？我赶紧松开拳头让自己放明白点：这是在医院不是在家里，这儿没人会容忍我发脾气，而且砸坏了什么还不是得用父母的工资去赔？所幸身边有书，想来想去只好一头埋进书里去，好吧好吧，就算是三个月！我凭白地相信这样一个期限。

可是三个月后我不仅没能出院，病反而更厉害了。

那时我和二床一起住到了七号。二床果然不同寻常，是位局长，十一级干部,但还是多了一级,非十级以上者无缘去住高干病房的单间。七号是这普通病房中唯一仅设两张病床的房间,最接近单间,故一向由最接近十级的人去住。据说刚有个十三级从这儿出去。二床搬来名正言顺。我呢?护士长说是"这孩子爱读书",让我帮助二床把名词重新记起来。"你看他连自己是谁都闹不清了。"护士长说。但二床却因此越来越让人喜欢,因为"局长"也是名词也在被忘之列,我们之间的关系日益平等、融洽。有一天他问我:"你是干什么的?"我说:"插队的。"二床说他的"那个"也是,两个"那个"都是,他在高出他半个头的地方比划一下:"就是那两个,我自己养的。""您是说您的两个儿子?"他说对,儿子。他说好哇,革命嘛就不能怕苦,就是要去结合。他说:"我们当初也是从那儿出来的嘛。"我说:"农村?""对对对。什么?""农村。""对对对农村。别忘本呀!"我说是。我说:"您的家乡是哪儿?"他于是抱着头想好久。这一回我也没办法提醒他。最后他骂一句,不想了,说:"我也放过那玩艺。"他在头顶上伸直两个手指。"是牛吗?"他摇摇头,手往低处一压。"羊?""对了,羊。我放过羊。"他躺下,双手垫在脑后,甜甜蜜蜜地望着天花板老半天不言语。大夫说他这病叫做"角回综合症,命名性失语",并不影响其他记忆,尤其是遥远的往事更都记得清楚。我想局长到底是局长,比我会得病。他忽然又坐起来:"我的那个,喂,小什么来?""小儿子?""对!"他怒气冲冲地跳到地上,说:"那个小玩艺儿,娘个×!"说:"他要去结合,我说好嘛我支持。"说:"他来信要钱,说要办个这个。"他指了指周围,我想"那个小玩艺儿"可能是要办个医疗站。他说:"好嘛,要多少?我给。可那个小玩艺儿!"他背着手气哼哼地来回走,然后停住,两手一摊:"可他又要在那儿结婚!""在农村?""对,农村。""跟农民?""跟农民。"无论是根据我当时的思想觉悟,还是根据报纸电台当时的宣传倡导,这都是值得肃然起敬的。"扎根派。"我钦佩地说。"娘了个×派!"他说:"可你还要不要回来嘛?"这下我有点发懵。见我愣着,他又一跺脚,补充道:"可你还要不要革命?!"这下我懂了,先不管革命是什么,二床的坦诚都令人欣慰。

不必去操心那些玄妙的逻辑了。整个冬天就快过去,我反倒拄着拐杖都走不到院子里去了,双腿日甚一日地麻木,肌肉无可遏止地萎缩,这才是需要发愁的。

我能住到七号来,事实上是因为大夫护士们都同情我。因为我还这么年轻,因为我是自费医疗,因为大夫护士都已经明白我这病的前景极为不妙,还因为我爱读书——在那个"知识越多越反动"的年代,大夫护士们尤为喜爱一个爱读书的孩子。他们都还把我当孩子。他们的孩子有不少也在插队。护士长好几次在我母亲面前夸我,最后总是说:"唉,这孩子……"这一声叹,暴露了当代医学的爱莫能助。他们没有别的办法帮助我,只能让我住得好一点,安静些,读读书吧——他们可能是想,说不定书中能有"这孩子"一条路。

可我已经没了读书的兴致。整日躺在床上,听各种脚步从门外走过,希望他们停下来,推门进来,又希望他们千万别停,走过去走你们的路去别来烦我。心里荒荒凉凉地祈祷:上帝如果你不收我回去,就把能走路的腿也给我留下!我确曾在没人的时候双手合十,出声地向神灵许过愿。多年以后才听一位无名的哲人说过:危卧病榻，难有无神论者。如今来想，有神无神并不值得争论，但在命运的混沌之点，人自然会忽略着科学，向虚冥之中寄托一份虔敬的祈盼。正如迄今人类最美好的想往也都没有实际的验证，但那想往并不因此消灭。

主管大夫每天来查房，每天都在我的床前停留得最久："好吧，别急。"按规矩主任每星期查一次房，可是几位主任时常都来看看我："感觉怎么样？嗯，一定别着急。"有那么些天全科的大夫都来看我，八小时以内或以外，单独来或结队来，检查一番各抒主张，然后都对我说："别着急，好吗？千万别急。"从他们谨慎的言谈中我渐渐明白了一件事：我这病要是因为一个肿瘤的捣鬼，把它找出来切下去随便扔到一个垃圾桶里，我就还能直立行走，否则我多半就把祖先数百万年进化而来的这一优势给弄丢了。

窗外的小花园里已是桃红柳绿，二十二个春天没有哪一个像这样让人心抖。我已经不敢去羡慕那些在花丛树行间漫步的健康人，和在小路上打羽毛球的年轻人。我记得我久久地看过一个身着病服的老人，在草地上踱着方步晒太阳，只要这样我想只要这样！只要能这样就行了就够了！我回忆脚踩在软软的草地上是什么感觉？想走到哪儿就走到哪儿是什么感觉？踢一颗路边的石子，踢着它走是什么感觉？没这样回忆过的人不会相信，那竟是回忆不出来的！老人走后我仍呆望着那块草地，阳光在那儿慢慢地淡薄，脱离，凝作一缕孤哀凄寂的红光一步步爬上墙，爬上楼顶……我写下一句歪诗：轻拨小窗看春色，漏入人间一斜阳。日后我摇着轮椅特意去看过那块草地，并从那儿张望七号窗口，猜想那玻璃后面现在住的谁？上帝打算为他挑选什么前程？当然，上帝用不着征求他的意见。

我乞求上帝不过是在和我开着一个临时的玩笑——在我的脊椎里装进了一个良性的瘤子。对对，它可以长在椎管内，但必须要长在软膜外，那样才能把它剥离而不损坏那条珍贵的脊髓。"对不对，大夫？""谁告诉你的？""对不对吧？"大夫说："不过，看来不太像肿瘤。"我用目光在所有的地方写下"上帝保佑"，我想，或许把这四个字写到千遍万遍就会赢得上帝的怜悯，让它是个瘤子，一个善意的瘤子。要么干脆是个恶毒的瘤子，能要命的那一种，那也行。总归得是瘤子，上帝！

朋友送了我一包莲子，无聊时我捡几颗泡在瓶子里，想，赌不赌一个愿？——要是它们能发芽，我的病就不过是个瘤子。但我战战兢兢地一直没敢赌。谁料几天后莲子竟都发芽。我想好吧我赌！我想其实我压根儿是倾向于赌的。我想倾向于赌事实上就等于是赌了。我想现在我还敢赌——它们一定能长出叶子！（这是明摆着的。）我每天给它们换水，早晨把它们移到窗台西边，下午再把它们挪到东边，让它们总在阳光里。为此我抓住床栏走，扶住窗台走，几米路我走得大汗淋漓。这事我不说，没人知道。不久，它们长出一片片圆圆的叶子来。"圆"，又是好兆。我更加周到地侍候它们，坐回到床上气喘吁吁地望着它们，夜里醒来在月光中也看看它们：好了，我要转运了。并且忽然注意到"莲"与"怜"谐音，毕恭毕敬地想：上帝终于要对我发发慈悲了吧？这些事我不说没人知道。叶子长出了瓶口，闲人要去摸，我不让，他们硬是摸了呢，我便在心里加倍地祈祷几回。这些事我不说，现在也没人知道。然而科学胜利了，它三番五次地说那儿没有瘤子，没有没有。果然，上帝直接在那条娇嫩的脊髓上做了手脚！定案之日，我像个冤判的屈鬼那样疯狂地作乱，挣扎着站起来，心想干嘛不能跑一回给那个没良心的上帝瞧瞧？后果很简单，如果你没摔死你必会明白：确实，你干不过上帝。

我终日躺在床上一言不发，心里先是完全的空白，随后由着一个"死"字去填满。王主任来了。（那个老太太，我永远忘不了她。还有张护士长。八年以后和十七年以后，我有两次真的病到了死神门口，全靠这两位老太太又把我抢下来。）我面向墙躺着，王主任坐在我身后许久不说什么，然后说了，话并不多，大意是：还是看看书吧，你不是爱看书吗？人活一天就不要白活。将来你工作了，忙得一点时间都没有，你会后悔这段时光就让它这么白白地过去了。这些话当然并不能打消我的死念，但这些话我将受用终生，在以后的若干年里我频繁地对死神抱有过热情，但在未死之前我一直记得王主任这些话，因而还是去做些事。使我没有去死的原因很多（我在另外的文章里写过），"人活一天就不要白活"亦为其一，慢慢地去做些事于是慢慢地有了活的兴致和价值感。有一年我去医院看她，把我写的书送给她，她已是满头白发了，退休了，但照常在医院里从早忙到晚。我看着她想，这老太太当年必是心里有数，知道我还不至去死，所以她单给我指一条活着的路。可是我不知道当年我搬离七号后，是谁最先在那儿发现过一团电线？并对此作过什么推想？那是个秘密，现在也不必说。假定我那时真的去死了呢？我想找一天去问问王主任。我想，她可能会说"真要去死那谁也管不了"，可能会说"要是你找不到活着的价值，迟早还是想死"，可能会说"想一想死倒也不是坏事，想明白了倒活得更自由"，可能会说"不，我看得出来，你那时离死神还远着呢，因为你有那么多好朋友"。

友谊医院——这名字叫得好。"同仁""协和""博爱""济慈",这样的名字也不错,但或稍嫌冷静,或略显张扬,都不如"友谊"听着那么平易、亲近。也许是我的偏见。二十一岁末尾,双腿彻底背叛了我,我没死,全靠着友谊。还在乡下插队的同学不断写信来,软硬兼施劝骂并举,以期激起我活下去的勇气,已转回北京的同学每逢探视日必来看我,甚至非探视日他们也能进来。"怎进来的你们?""咳,闭上一只眼睛想一会儿就进来了。"这群插过队的,当年可以凭一张站台票走南闯北,甭担心还有他们走不通的路。那时我搬到了加号。加号原本不是病房,里面有个小楼梯间,楼梯间弃置不用了,余下的地方仅够放一张床,虽然窄小得像一节烟筒,但毕竟是单间,光景固不可比十级,却又非十一级可比。这又是大夫护士们的一番苦心,见我的朋友太多,都是少男少女难免说笑得不管不顾,既不能影响了别人又不可剥夺了我的快乐,于是给了我十点五级的待遇。加号的窗口朝向大街,我的床紧挨着窗,在那儿我度过了二十一岁中最惬意的时光。每天上午我就坐在窗前清清静静地读书,很多名著我都是在那时读到的,也开始像模像样地学着外语。一过中午,我便直着眼睛朝大街上眺望,尤其注目骑车的年轻人和5路汽车的车站,盼着朋友们来。有那么一阵子我暂时忽略了死神。朋友们来了,带书来,带外面的消息来,带安慰和欢乐来,带新朋友来,新朋友又带新的朋友来,然后都成了老朋友。以后的多少年里,友谊一直就这样在我身边扩展,在我心里深厚。把加号的门关紧,我们自由地嬉笑怒骂,毫无顾忌地议论世界上所有的事,高兴了还可以轻声地唱点什么——陕北民歌,或插队知青自己的歌。晚上朋友们走了,在小台灯幽寂而又喧嚣的光线里,我开始想写点什么,那便是我创作欲望最初的萌生。我一时忘记了死,还因为什么?还因为爱情的影子在隐约地晃动。那影子将长久地在我心里晃动,给未来的日子带来幸福也带来痛苦,尤其带来激情,把一个绝望的生命引领出死谷。无论是幸福还是痛苦,都会成为永远的珍藏和神圣的纪念。

二十一岁、二十九岁、三十八岁,我三进三出友谊医院,我没死,全靠了友谊。后两次不是我想去勾结死神,而是死神对我有了兴趣;我高烧到四十多度,朋友们把我抬到友谊医院,内科说没有护理截瘫病人的经验,柏大夫就去找来王主任,找来张护士长,于是我又住进神内病房。尤其是二十九岁那次,高烧不退,整天昏睡、呕吐,差不多三个月不敢闻饭味,光用血管去喝葡萄糖,血压也不安定,先是低压升到一百二十,接着高压又降到六十,大夫们一度担心我活不过那年冬天了——肾,好像是接近完蛋的模样,治疗手段又像是接近于无了。我的同学找柏大夫商量,他们又一起去找唐大夫:要不要把这事告诉我父亲?他们决定:不。告诉他,他还不是白着急?然后他们分了工:死的事由我那同学和柏大夫管,等我死了由他们去向我父亲解释;活着的我由唐大夫多多关照。唐大夫说:"好,我以教学的理由留他在这儿,他活一天就还要想一天办法。"真是人不当死鬼神奈何其不得,冬天一过我又活了,看样子极可能活到下一个世纪去。唐大夫就是当年把我接进十号的那个女大夫,就是那个步履轻盈温文尔雅的女大夫,但八年过去她已是两鬓如霜了。又过了九年,我第三次住院时唐大夫已经不在。听说我又来了,科里的老大夫、老护士们都来看我,问候我,夸我的小说写得还不错，跟我叙叙家常，唯唐大夫不能来了。我知道她不能来了，她不在了。我曾摇着轮椅去给她送过一个小花圈，大家都说：她是累死的，她肯定是累死的！我永远记得她把我迎进病房的那个中午，她贴近我的耳边轻轻柔柔地问："午饭吃了没？"倏忽之间，怎么，她已经不在了？她不过才五十岁出头。这事真让人哑口无言，总觉得不大说得通，肯定是谁把逻辑摆弄错了。

但愿柏大夫这一代的命运会好些。实际只是当着众多病人时我才叫她柏大夫。平时我叫她"小柏"，她叫我"小史"。她开玩笑时自称是我的"私人保健医"，不过这不像玩笑这很近实情。近两年我叫她"老柏"她叫我"老史"了。十九年前的深秋，病房里新来了个卫生员，梳着短辫儿，戴一条长围巾穿一双黑灯芯绒鞋，虽是一口地道的北京城里话，却满身满脸的乡土气尚未退尽。"你也是插队的？"我问她。"你也是？"听得出来，她早已知道了。"你哪届？""老初二，你呢？""我68，老初一。你哪儿？""陕北。你哪儿？""我内蒙。"这就行了，全明白了，这样的招呼是我们这代人的专利，这样的问答立刻把我们拉近。我料定，几十年后这样的对话仍会在一些白发苍苍的人中间流行，仍是他们之间最亲切的问候和最有效的沟通方式，后世的语言学者会煞费苦心地对此作一番考证，正儿八经地写一篇论文去得一个学位。而我们这代人是怎样得一个学位的呢？十四五岁停学，十七八岁下乡，若干年后回城，得一个最被轻视的工作，但在农村待过了还有什么工作不能干的呢？同时学心不死业余苦读，好不容易上了个大学，毕业之后又被轻视——因为真不巧你是个"工农兵学员"，你又得设法摘掉这个帽子，考试考试考试这代人可真没少考试，然后用你加倍的努力让老的少的都服气，用你的实际水平和能力让人们相信你配得上那个学位——比如说，这就是我们这代人得一个学位的典型途径。这还不是最坎坷的途径。"小柏"变成"老柏"，那个卫生员成为柏大夫，大致就是这么个途径，我知道，因为我们已是多年的朋友。她的丈夫大体上也是这么走过来的，我们都是朋友了，连她的儿子也叫我"老史"。闲下来细细去品，这个"老史"最令人羡慕的地方，便是一向活在友谊中。真说不定，这与我二十一岁那年恰恰住进了友谊医院有关。

因此偶尔有人说我是活在世外桃源，语气中不免流露了一点讥讽，仿佛这全是出于我的自娱甚至自欺。我颇不以为然。我既非活在世外桃源，也从不相信有什么世外桃源。但我相信世间桃源，世间确有此源，如果没有恐怕谁也就不想再活。倘此源有时弱小下去，依我看，至少讥讽并不能使其强大。千万年来它作为现实，更作为信念，这才不断。它源于心中再流入心中，它施于心又由于心，这才不断。欲其强大，舍心之虔诚又向何求呢？

也有人说我是不是一直活在童话里？语气中既有赞许又有告诫。赞许并且告诫，这很让我信服。赞许既在，告诫并不意指人们之间应该加固一条防线，而只是提醒我：童话的缺憾不在于它太美，而在于它必要走进一个更为纷繁而且严酷的世界，那时只怕它太娇嫩。

事实上在二十一岁那年，上帝已经这样提醒我了，他早已把他的超级童话和永恒的谜语向我略露端倪。

住在四号时，我见过一个男孩。他那年七岁，家住偏僻的山村，有一天传说公路要修到他家门前了，孩子们都翘首以待好梦联翩。公路终于修到，汽车终于开来，乍见汽车，孩子们惊讶兼着胆怯，远远地看。日子一长孩子便有奇想,发现扒住卡车的尾巴可以威风凛凛地兜风,他们背着父母玩得好快活。可是有一次,只一次,这七岁的男孩失手从车上摔了下来。他住进医院时已经不能跑,四肢肌肉都在萎缩。病房里很寂寞,孩子一瘸一瘸地到处串;淘得过分了,病友们就说他:"你说说你是怎么伤的?"孩子立刻低了头,老老实实地一动不动。"说呀?""说,因为什么?"孩子嗫嚅着。"喂,怎么不说呀?给忘啦?""因为扒汽车。"孩子低声说。"因为淘气。"孩子补充道。他在诚心诚意地承认错误。大家都沉默,除了他自己谁都知道:这孩子伤在脊髓上,那样的伤是不可逆的。孩子仍不敢动,规规矩矩地站着用一双正在萎缩的小手擦眼泪。终于会有人先开口,语调变得哀柔:"下次还淘不淘了?"孩子很熟悉这样的宽容或原谅,马上使劲摇头:"不,不,不了!"同时松了一口气。但这一回不同以往,怎么没有人接着向他允诺"好啦,只要改了就还是好孩子"呢?他睁大眼睛去看每一个大人,那意思是:还不行么?再不淘气了还不行么?他不知道,他还不懂,命运中有一种错误是只能犯一次的,并没有改正的机会,命运中有一种并非是错误的错误,(比如淘气,是什么错误呢?)但这却是不被原谅的。那孩子小名叫"五蛋",我记得他,那时他才七岁,他不知道,他还不懂。未来,他势必有一天会知道,可他势必有一天就会懂吗?但无论如何,那一天就是一个童话的结尾。在所有童话的结尾处,让我们这样理解吧:上帝为了锤炼生命,将布设下一个残酷的谜语。

　　住在六号时,我见过一对恋人。那时他们正是我现在的年纪,四十岁。他们是大学同学。男的二十四岁时本来就要出国留学,日期已定,行装都备好了,可命运无常,不知因为什么屁大的一点事不得不拖延一个月，偏就在这一个月里因为一次医疗事故他瘫痪了。女的对他一往情深，等着他，先是等着他病好，没等到；然后还等着他，等着他同意跟她结婚，还是没等到。外界的和内心的阻力重重，一年一年，男的既盼着她来又说服着她走。但一年一年，病也难逃爱也难逃，女的就这么一直等着。有一次她狠了狠心，调离北京到外地去工作了，但是斩断感情却不这么简单，而且再想调回北京也不这么简单，女的只要有三天假期也迢迢千里地往北京跑。男的那时病更重了，全身都不能动了，和我同住一个病室。女的走后，男的对我说过："你要是爱她，你就不能害她，除非你不爱她，可那你又为什么要结婚呢？"男的睡着了，女的对我说过："我知道他这是爱我，可他不明白其实这是害我，我真想一走了事，我试过，不行，我知道我没法不爱他。"女的走了男的又对我说过："不不，她还年轻，她还有机会，她得结婚，她这人不能没有爱。"男的睡了，女的又对我说过："可什么是机会呢？机会不在外边而在心里，结婚的机会有可能在外边，可爱情的机会只能在心里。"女的不在时，我把她的话告诉男的，男的默然垂泪。我问他："你干吗不能跟她结婚呢？"他说："这你还不懂。"他说："这很难说得清，因为你活在整个这个世界上。"他说："所以，有时候这不是光由两个人就能决定的。"我那时确实还不懂。我找到机会又问女的："为什么不是两个人就能决定的？"她说："不，我不这么认为。"她说："不过确实，有时候这确实很难。"她沉吟良久，说："真的，跟你说你现在也不懂。"十九年过去了，那对恋人现在该已经都是老人。我不知道现在他们各自在哪儿，我只听说他们后来还是分手了。十九年中，我自己也有过爱情的经历了，现在要是有个二十一岁的人问我爱情都是什么？大概我也只能回答：真的，这可能从来就不是能说得清的。无论她是什么，她都很少属于语言，而是全部属于心的。还是那位台湾作家三毛说得对：爱如禅，不能说不能说，一说就错。那也是在一个童话的结尾处，上帝为我们能够永远地追寻着活下去而设置的一个残酷却诱人的谜语。

二十一岁过去，我被朋友们抬着出了医院，这是我走进医院时怎么也没料到的。我没有死，也再不能走，对未来怀着希望也怀着恐惧。在以后的年月里，还将有很多我料想不到的事发生，我仍旧有时候默念着"上帝保佑"而陷入茫然。但是有一天我认识了神，他有一个更为具体的名字——精神。在科学的迷茫之处，在命运的混沌之点，人唯有乞灵于自己的精神。不管我们信仰什么，都是我们自己的精神的描述和引导。

一九九〇年十二月

墙下短记

　　一些当时看去不太要紧的事却能长久扎根在记忆里。它们一向都在那儿安睡，偶尔醒一下，睁眼看看，见你忙着（升迁或者遁世）就又睡去，很多年里它们轻得仿佛不在。千百次机缘错过，终于一天又看见它们，看见时光把很多所谓人生大事消磨殆尽，而它们坚定不移固守在那儿，沉沉地有了无比的重量。比如一张旧日的照片，拍时并不经意，随手放在哪儿，多年中甚至不记得有它，可忽然一天整理旧物时碰见了它，拂去尘埃，竟会感到那是你的由来也是你的投奔，而很多郑重其事的留影，却已忘记是在哪儿和为了什么。

　　近些年我常常想起一道墙，碎砖头垒的，风可以吹落砖缝间的细土。那道墙很长，至少在一个少年看来是很长，很长之后拐了弯，拐进一条更窄的小巷里去。小巷的拐角处有一盏街灯，紧挨着往前是一个院门，那里住过我少年时的一个同窗好友。叫他L吧。L和我能不能永远是好友，以及我们打完架后是否又言归于好，都不重要，重要的是我们一度形影不离，流动不居的生命有一段就由这友谊铺筑成。细密的小巷中，上学和放学的路上我们一起走，冬天和夏天，风声或蝉鸣，太阳到星空，十岁也许九岁的L曾对我说，他将来要娶班上一个（暂且叫她作M的）女生作老婆。L转身问我："你呢，想和谁？"我准备不及，想想，觉得M确是漂亮。L说他还要挣很多钱。"干吗?""废话,那时你还花你爸的钱呀?"少年之间的情谊,想来莫过于我们那时的无猜无防了。

我曾把一件珍爱的东西送给 L。一本连环画呢,还是一个什么玩具?已经记不清。可是有一天我们打了架,为什么打架也记不清了,但丝毫不忘的是:打完架,我又去找 L 要回了那件东西。

老实说,单我一个人是不敢去要的,或者也想不起去要。是几个当时也对 L 不大满意的伙伴指点我、怂恿我,拍着胸脯说他们甘愿随我一同前去讨还,再若犹豫就成了笨蛋兼傻瓜。就去了。走过那道很长很熟悉的墙,夕阳正在上面灿烂地照耀,但在我的记忆里,走到 L 家的院门时,巷角的街灯已经昏黄地亮了。这只可理解为记忆的作怪。

站在那门前,我有点害怕,身旁的伙伴便极尽动员和鼓励,提醒我:倘调头撤退,其可卑甚至超过投降。我不能推卸罪责给别人:跟 L 打架后,我为什么要把送给 L 东西的事告诉别人呢?指点和怂恿都因此发生。我走进院中去喊 L,L 出来,听我说明来意,愣着看一会儿我,让我到大门外等着。L 背着他的母亲,从屋里拿出那件东西交在我手里,不说什么,就又走回屋去。结束总是非常简单,"咔嚓"一下就都过去。

我和几个同来的伙伴在巷角的街灯下分手,各自回家。他们看看我手上那件东西,好歹说一句"给他干吗",声调和表情都失去来时的热度,失望甚或沮丧料想都不由于那件东西。

我贴近墙根独自往回走,那墙很长,很长而且荒凉,记忆在这儿又出了差误,好像还是街灯未亮、迎面的行人眉目不清的时候。晚风轻柔得让人无可抱怨,但魂魄仿佛被它吹离,飘起在黄昏中再消失进那道墙里去。捡根树枝,边走边在那墙上轻划,砖缝间的细土一股股地垂流……"咔嚓"一下所送走的，都扎根进记忆去酿制未来的问题。

那很可能是我对于墙的第一种印象。

随之，另一些墙也从睡中醒来。

几年前，有一天傍晚"散步"，我摇着轮椅走进童年时常于其间玩耍的一片胡同。其实一向都离它们不远，屡屡在其周围走过，匆忙得来不及进去看望。

记得那儿曾有一面红砖短墙，墙头插满锋利的碎玻璃碴儿，我们一群八九岁的孩子总去搅扰墙里那户人家的安宁，攀上一棵小树，扒着墙沿央告人家把我们的足球扔出来。那面墙应该说藏得很是隐蔽，在一条死巷里，但可惜那巷口的宽度很适合作我们的球门，巷口外的一片空地是我们的球场。球难免是要踢向球门的，倘临门一脚踢飞，十之八九便降落到那面墙里去。墙里是一户善良人家，飞来物在我们的央告下最多被扣压十分钟。但有一次，那足球学着篮球的样子准确投入墙内的面锅，待一群孩子又爬上小树去看时，雪白的面条热气腾腾全滚在煤灰里。正是所谓"三年困难时期"，足球事小，我们乘暮色抱头鼠窜。好几天后，我们由家长带领，以封闭"球场"为代价换回了那只足球。

条条小巷依旧，或者是更旧了。可能正是"国庆"期间，家家门上都插了国旗。变化不多，唯独那"球场"早被压在一家饭馆和一座公厕下面。"球门"对着饭馆的后墙，那户善良人家料必是安全得多了。

我摇着轮椅走街串巷，闲度国庆之夜。忽然又一面青灰色的墙叫我怦然心动，我知道，再往前去就是我的幼儿园了。青灰色的墙很高，里面有更高的树，树顶上曾有鸟窝，现在没了。到幼儿园去必要经过这墙下，一俟见了这面高墙，退步回家的希望即告破灭。那青灰色几近一种严酷的信号，令童年分泌恐怖。

这样的"条件反射"确立于一个盛夏的午后，所以记得清楚，是因为那时的蝉鸣最为浩大。那个下午母亲要出长差，到很远的地方去。我最高的希望是她不去出差，最低的希望是我可以不去幼儿园，在家，不离开奶奶。但两份提案均遭否决，据哭力争亦不奏效。如今想来，母亲是要在远行之前给我立下严明的纪律。哭声不停，母亲无奈说带我出去走走。"不去幼儿园！"出门时我再次申明立场。母亲领我在街上走，沿途买些好吃的东西给我，形势虽然可疑，但看看走了这么久又不像是去幼儿园的路，牵着母亲的长裙心里略略地松坦。可是！好吃的东西刚在嘴里有了味道，迎头又来了那面青灰色高墙，才知道条条小路相通。虽立刻大哭，料已无济于事。但一迈进幼儿园的门槛，哭喊即自行停止，心里明白没了依靠，唯规规矩矩做个好孩子是得救的方略。幼儿园墙内，是必度的一种"灾难"，抑或只因为这一个孩子天生地怯懦和多愁。

三年前我搬了家，隔窗相望就是一所幼儿园，常在清晨的赖睡中就听见孩子进园前的嘶嚎。我特意去那园门前看过，抗拒进园的孩子其壮烈都像宁死不屈，但一落入园墙便立刻吞下哭声，恐惧变成冤屈，泪眼望天，抱紧着对晚霞的期待。不见得有谁比我更能理解他们，但早早地对墙有一点感受，不是坏事。

我最记得母亲消失在那面青灰色高墙里的情景。她当然是绕过那面墙走上了远途的，但在我的印象里，她是走进那面墙里去了。没有门，但是母亲走进去了，在那些高高的树上蝉鸣浩大，在那些高高的树下母亲的身影很小，在我的恐惧里那儿即是远方。

坐在窗前，看远近峭壁林立一般的高墙和矮墙。我现在有很多时间看它们。有人的地方一定有墙。我们都在墙里。没有多少事可以放心到光天化日下去做。规规整整的高楼叫人想起图书馆的目录柜，只有上帝可以去拉开每一个小抽屉，查阅亿万种心灵秘史，看见破墙而出的梦想都在墙的封护中徘徊。还有死神按期来到，伸手进去，抓阄儿似的摸走几个。

我们有时千里迢迢——汽车呀、火车呀、飞机可别一头栽下来呀——只像是为了去找一处不见墙的地方：荒原、大海、林莽甚至沙漠。但未必就能逃脱。墙永久地在你心里，构筑恐惧，也牵动思念。一只"飞去来器"，从墙出发，又回到墙。你千里迢迢地去时，鲁滨逊正千里迢迢地回来。

哲学家先说是劳动创造了人，现在又说是语言创造了人。墙是否创造了人呢？语言和墙有着根本的相似：开不尽的门前是撞不尽的墙壁。结构呀、解构呀、后什么什么主义呀……啦啦啦，啦啦啦……游戏的热情永不可少，但我们仍在四壁的围阻中。把所有的墙都拆掉就不行么？我坐在窗前用很多时间去幻想一种魔法。比如"啦啦啦，啦啦啦……"很灵验地念上一段咒语，"刷拉"一下墙都不见。怎样呢？料必大家一齐慌作一团（就像热油淋在蚁穴），上哪儿的不知道要上哪儿了，干嘛的忘记要干嘛了，漫山遍野地捕食去和睡觉去么？毕竟又嫌趣味不够，然后大家埋头细想，还是要砌墙。砌墙盖房，不单为避风雨，因为大家都有些秘密，其次当然还有一些钱财。秘密，不信你去慢慢推想，它是趣味的爹娘。

其实秘密就已经是墙了。肚皮和眼皮都是墙，假笑和伪哭都是墙，只因这样的墙嫌软嫌累，要弄些坚实耐久的来加密。就算这心灵之墙可以轻易拆除，但山和水都是墙，天和地都是墙，时间和空间都是墙，命运是无穷的限制，上帝的秘密是不尽的墙。真要把这秘密之墙也都拆除，虽然很像是由来已久的理想接近了实现，但是等着瞧吧，满地球都怕要因为失去趣味而响起昏昏欲睡的鼾声，梦话亦不知从何说起。

趣味是要紧而又要紧的。秘密要好好保存。

探秘的欲望终于要探到意义的墙下。

活得要有意义，这老生常谈倒是任什么主义也不能推翻。加上个"后"字也是白搭。比如爱情，她能被物欲拐走一时，但不信她能因此绝灭。"什么都没啥了不起"的日子是要到头的，"什么都不必介意"的舞步可能"潇洒"地跳去撞墙。撞墙不死，第二步就是抬头，那时见墙上有字，写着：哥们儿你要上哪儿呢，这到底是要干吗？于是躲也躲不开，意义找上了门，债主的风度。

意义的原因很可能是意义本身。干吗要有意义？干吗要有生命？干吗要有存在？干吗要有"有"？重量的原因是引力，引力的原因呢？又是重量。学物理的人告诉我：千万别把运动和能量、时空分割开来理解。我随即得了启发：也千万别把人和意义分割开来理解。不是人有欲望，而是人即欲望。这欲望就是能量，是能量就是运动，是运动就走去前面或者未来。前面和未来都是什么和都是为什么？这必来的疑问使意义诞生，上帝便在第七天把人造成。上帝比靡菲斯特更有力量，任何魔法和咒语都不能把第七天的成就删除。在第七天以后所有的光阴里，你逃得开某种意义，但逃不开意义，如同你逃得开一次旅行但逃不开生命之旅。

你不是这种意义，就是那种意义。什么意义都不是，就掉进昆德拉所说的"生命不能承受之轻"。你是一个什么呢?生命算是个什么玩艺儿呢?轻得称不出一点重量你可就要消失。我向 L 讨回那件东西,归途中的惶茫因年幼而无以名状,如今想来,分明就是为了一个"轻"字:珍宝转眼被处理成垃圾,一段生命轻得飘散了,没有了,以为是什么原来什么也不是,轻易、简单,灰飞烟灭。一段生命之轻,威胁了生命全面之重,惶茫往灵魂里渗透:是不是生命的所有段落都会落此下场呵?人的根本恐惧就在这个"轻"字上,比如歧视和漠视,比如嘲笑,比如穷人手里作废的股票,比如失恋和死亡。轻,最是可怕。

要求意义就是要求生命的重量。各种重量。各种重量在撞墙之时被真正测量。但很多重量,在死神的秤盘上还是轻,秤砣平衡在荒诞的准星上。因而得有一种重量,你愿意为之生也愿意为之死,愿意为之累,愿意在它的引力下耗尽性命。不是强言不悔,是清醒地从命。神圣是上帝对心魂的测量,是心魂被确认的重量。死亡光临时有一个仪式,灰和土都好,看往日轻轻地蒸发,但能听见,有什么东西沉沉地还在。不期还在现实中,只望还在美丽的位置上。我与 L 的情谊,可否还在美丽的位置上沉沉地有着重量?

不要熄灭破墙而出的欲望,否则鼾声又起。
但要接受墙。
为了逃开墙,我曾走到过一面墙下。我家附近有一座荒废的古园,围墙残败但仍坚固,失魂落魄的那些岁月里我摇着轮椅走到它跟前。四处无人,寂静悠久,寂静的我和寂静的墙之间,膨胀和盛开着野花,膨胀和盛开着冤屈。我用拳头打墙,用石头砍它,对着它落泪、喃喃咒骂,但是它轻轻掉落一点儿灰尘再无所动。天不变道亦不变。老柏树千年一日伸展着枝叶，云在天上走，鸟在云里飞，风踏草丛，野草一代一代落子生根。我转而祈求墙，双手合十，创造一种祷词或谶语，出声地诵念，求它给我死，要么还给我能走的腿……睁开眼，伟大的墙还是伟大地矗立，墙下呆坐一个不被神明过问的人。空旷的夕阳走来园中，若是昏昏地睡去，梦里常掉进一眼枯井，井壁又高又滑，喊声在井里嗡嗡碰撞而已，没人能听见，井口上的风中也仍是寂静的冤屈。喊醒了，看看还是活着，喊声并没惊动谁，并不能惊动什么，墙上有青润的和干枯的苔藓，有蜘蛛细巧的网，死在半路的蜗牛身后拖一行鳞片似的脚印，有无名少年在那儿一遍遍记下的 3.1415926……

在这墙下，某个冬夜，我见过一个老人。记忆和印象之间总要闹出一些麻烦：记忆说未必是在这墙下，但印象总是把记忆中的那个老人搬来，真切地在这墙下。雪后，月光朦胧，车轮吱吱唧唧轧着雪路，是园中唯一的声响。这么走着，听见一缕悠沉的箫声远远传来，在老柏树摇落的雪雾中似有似无，尚不能识别那曲调时已觉其悠沉之音恰好碰住我的心绪。侧耳屏息，听出是《苏武牧羊》。曲终，心里正有些凄怆，忽觉墙影里一动，才发现一个老人背壁盘腿端坐在石凳上，黑衣白发，有些玄虚。雪地和月光，安静得也似非凡。竹箫又响，还是那首流放绝地、哀而不死的咏颂。原来箫声并不传自远处，就在那老人唇边。也许是气力不济，也许是这古曲一路至今光阴坎坷，箫声若断若续并不高亢，老人颤颤的吐纳之声亦可悉闻。一曲又尽，老人把箫管轻横腿上，双手摊放膝头，看不清他是否闭目。我惊诧而至感激，一遍遍听那箫声和箫声断处的空寂，以为是天喻或是神来引领。

那夜的箫声和老人，多年在我心上，但猜不透其引领指向何处。

仅仅让我活下去似乎用不着这样神秘。直到有一天我又跟那墙说话，才听出那夜箫声是唱着"接受"，接受天命的限制。（达摩的面壁是不是这样呢？）接受残缺，接受苦难，接受墙的存在。哭和喊都是要逃离它，怒和骂都是要逃离它，恭维和跪拜还是想逃离它。我常常去跟那墙谈话，对，说出声，默想不能逃离它时就出声地责问，也出声地请求、商量，所谓软硬兼施。但毫无作用，谈判必至破裂，我的一切条件它都不答应。墙，要你接受它，就这么一个意思反复申明，不卑不亢，直到你听见。直到你不是更多地问它，而是听它更多地问你，那谈话才称得上谈话。

我一直在写作，但一直觉得并不能写成什么，不管是作品还是作家还是主义。用笔和用电脑，都是对墙的谈话，是如衣食住行一样必做的事。搬家搬得终于离那座古园远了，不能随便就去，此前就料到会怎样想念它，不想最为思恋的竟是那四面矗立的围墙，年久无人过问，记得那墙头的残瓦间长大过几棵小树。但不管何时何地，一闭眼，即刻就到那墙下。寂静的墙和寂静的我之间，野花膨胀着花蕾，不尽的路途在不尽的墙间延展，有很多事要慢慢对它谈，随手记下谓之写作。

一九九四年九月

我与地坛

一

我在好几篇小说中都提到过一座废弃的古园,实际就是地坛。许多年前旅游业还没有开展,园子荒芜冷落得如同一片野地,很少被人记起。

地坛离我家很近。或者说我家离地坛很近。总之,只好认为这是缘分。地坛在我出生前四百多年就坐落在那儿了,而自从我的祖母年轻时带着我父亲来到北京,就一直住在离它不远的地方——五十多年间搬过几次家,可搬来搬去总是在它周围,而且是越搬离它越近了。我常觉得这中间有着宿命的味道:仿佛这古园就是为了等我,而历尽沧桑在那儿等待了四百多年。

它等待我出生,然后又等待我活到最狂妄的年龄上忽地残废了双腿。四百多年里,它一面剥蚀了古殿檐头浮夸的琉璃,淡褪了门壁上炫耀的朱红,坍圮了一段段高墙又散落了玉砌雕栏,祭坛四周的老柏树愈见苍幽,到处的野草荒藤也都茂盛得自在坦荡。这时候想必我是该来了。十五年前的一个下午,我摇着轮椅进入园中,它为一个失魂落魄的人把一切都准备好了。那时,太阳循着亘古不变的路途正越来越大,也越红。在满园弥漫的沉静光芒中,一个人更容易看到时间,并看见自己的身影。

自从那个下午我无意中进了这园子,就再没长久地离开过它。我一下子就理解了它的意图,正如我在一篇小说中所说的:"在人口密聚的城市里,有这样一个宁静的去处,像是上帝的苦心安排。"

两条腿残废后的最初几年,我找不到工作,找不到去路,忽然间几乎什么都找不到了,我就摇了轮椅总是到它那儿去,仅为着那儿是可以逃避一个世界的另一个世界。我在那篇小说中写道:

"没处可去我便一天到晚耗在这园子里。跟上班下班一样,别人去上班我就摇了轮椅到这儿来。"

"园子无人看管,上下班时间有些抄近路的人们从园中穿过,园子里活跃一阵,过后便沉寂下来。"

"园墙在金晃晃的空气中斜切下一溜儿阴凉,我把轮椅开进去,把椅背放倒,坐着或是躺着,看书或者想事,撅一杈树枝左右拍打,驱赶那些和我一样不明白为什么要来这世上的小昆虫。"

"蜂儿如一朵小雾稳稳地停在半空;蚂蚁摇头晃脑捋着触须,猛然间想透了什么,转身疾行而去;瓢虫爬得不耐烦了,累了,祈祷一回便支开翅膀,忽悠一下升空了;树干上留着一只蝉蜕,寂寞如一间空屋;露水在草叶上滚动,聚集,压弯了草叶轰然坠地摔开万道金光。"

"满园子都是草木竞相生长弄出的响动,片刻不息。"

这都是真实的记录,园子荒芜但并不衰败。

除去几座殿堂我无法进去,除去那座祭坛我不能上去而只能从各个角度张望它,地坛的每一棵树下我都去过,差不多它的每一米草地上都有过我的车轮印。无论是什么季节,什么天气,什么时间,我都在这园子里待过。有时候待一会儿就回家,有时候就待到满地上都亮起月光。记不清都是在它的哪些角落里了,我一连几小时专心致志地想关于死的事,也以同样的耐心和方式想过我为什么要出生。这样想了好几年,最后事情终于弄明白了:一个人,出生了,这就不再是一个可以辩论的问题,而只是上帝交给他的一个事实;上帝在交给我们这件事实的时候,已经顺便保证了它的结果,所以死是一件不必急于求成的事,死是一个必然会降临的节日。这样想过之后我安心多了,眼前的一切不再那么可怕。比如你起早熬夜准备考试的时候,忽然想起有一个长长的假期在前面等待你,你会不会觉得轻松一点?并且庆幸并且感激这样的安排?

剩下的就是怎样活的问题了。这却不是在某一个瞬间就能完全想透的,不是能够一次性解决的事,怕是活多久就要想它多久了,就像是伴你终生的魔鬼或恋人。所以,十五年了,我还是总得到那古园里去,去它的老树下或荒草边或颓墙旁,去默坐,去呆想,去推开耳边的嘈杂理一理纷乱的思绪,去窥看自己的心魂。十五年中,这古园的形体被不能理解它的人肆意雕琢,幸好有些东西是任谁也不能改变它的。譬如祭坛石门中的落日,寂静的光辉平铺的一刻,地上的每一个坎坷都被映照得灿烂;譬如在园中最为落寞的时间,一群雨燕便出来高歌,把天地都叫喊得苍凉;譬如冬天雪地上孩子的脚印,总让人猜想他们是谁,曾在那儿做过些什么,然后又都到哪儿去了;譬如那些苍黑的古柏,你忧郁的时候它们镇静地站在那儿,你欣喜的时候它们依然镇静地站在那儿,它们没日没夜地站在那儿从你没有出生一直站到这个世界上又没了你的时候;譬如暴雨骤临园中,激起一阵阵灼烈而清纯的草木和泥土的气味,让人想起无数个夏天的事件;譬如秋风忽至,再有一场早霜,落叶或飘摇歌舞或坦然安卧,满园中播散着熨帖而微苦的味道。味道是最说不清楚的，味道不能写只能闻，要你身临其境去闻才能明了。味道甚至是难于记忆的，只有你又闻到它你才能记起它的全部情感和意蕴。所以我常常要到那园子里去。

二

现在我才想到，当年我总是独自跑到地坛去，曾经给母亲出了一个怎样的难题。

她不是那种光会疼爱儿子而不懂得理解儿子的母亲。她知道我心里的苦闷，知道不该阻止我出去走走，知道我要是老呆在家里结果会更糟，但她又担心我一个人在那荒僻的园子里整天都想些什么。我那时脾气坏到极点，经常是发了疯一样地离开家，从那园子里回来又中了魔似的什么话都不说。母亲知道有些事不宜问，便犹犹豫豫地想问而终于不敢问，因为她自己心里也没有答案。她料想我不会愿意她跟我一同去，所以她从未这样要求过，她知道得给我一点儿独处的时间，得有这样一段过程。她只是不知道这过程得要多久，和这过程的尽头究竟是什么。每次我要动身时，她便无言地帮我准备，帮助我上了轮椅车，看着我摇车拐出小院，这以后她会怎样，当年我不曾想过。

有一回我摇车出了小院，想起一件什么事又返身回来，看见母亲仍站在原地，还是送我走时的姿势，望着我拐出小院去的那处墙角，对我的回来竟一时没有反应。待她再次送我出门的时候，她说："出去活动活动，去地坛看看书，我说这挺好。"许多年以后我才渐渐听出，母亲这话实际是自我安慰，是暗自的祷告，是给我的提示，是恳求与嘱咐。只是在她猝然去世之后，我才有余暇设想，当我不在家里的那些漫长的时间,她是怎样心神不定坐卧难宁,兼着痛苦与惊恐与一个母亲最低限度的祈求。现在我可以断定,以她的聪慧和坚忍,在那些空落的白天后的黑夜,在那不眠的黑夜后的白天,她思来想去最后准是对自己说:"反正我不能不让他出去,未来的日子是他自己的,如果他真的要在那园子里出什么事,这苦难也只好我来承担。"在那段日子里——那是好几年长的一段日子呵,我想我一定使母亲作过了最坏的准备了,但她从来没有对我说过"你为我想想"。事实上我也真的没为她想过。那时她的儿子还太年轻,还来不及为母亲想,他被命运击昏了头,一心以为自己是世上最不幸的一个,不知道儿子的不幸在母亲那儿总是要加倍的。她有一个长到二十岁上忽然截瘫了的儿子,这是她唯一的儿子;她情愿截瘫的是自己而不是儿子,可这事无法代替。她想,只要儿子能活下去哪怕自己去死呢也行,可她又确信一个人不能仅仅是活着,儿子得有一条路走向自己的幸福,而这条路呢,没有谁能保证她的儿子终于能找到。——这样一个母亲,注定是活得最苦的母亲。

有一次与一个作家朋友聊天,我问他学写作的最初动机是什么?他想了一会儿说:"为我母亲。为了让她骄傲。"我心里一惊,良久无言。回想自己最初写小说的动机,虽不似这位朋友的那般单纯,但如他一样的愿望我也有,且一经细想,发现这愿望也在全部动机中占了很大比重。这位朋友说:"我的动机太低俗了吧?"我光是摇头,心想低俗并不见得低俗,只怕是这愿望过于天真了。他又说:"我那时真就是想出名,出了名让别人羡慕我母亲。"我想,他比我坦率。我想,他又比我幸福,因为他的母亲还活着。而且我想,他的母亲也比我的母亲运气好,他的母亲没有一个双腿残废的儿子,否则事情就不这么简单。

在我的头一篇小说发表的时候,在我的小说第一次获奖的那些日子里,我真是多么希望我的母亲还活着。我便又不能在家里待了,又整天整天独自跑到地坛去,心里是没头没尾的沉郁和哀怨,走遍整个园子却怎么也想不通:母亲为什么就不能再多活两年?为什么在她的儿子就快要碰撞开一条路的时候,她却忽然熬不住了?莫非她来此世上只是为了替儿子担忧,却不该分享我的一点点快乐?她匆匆离我去时才只有四十九岁呀!有那么一会儿,我甚至对世界对上帝充满了仇恨和厌恶。后来我在一篇题为《合欢树》的文章中写道:"我摇着车躲出去,坐在小公园安静的树林里,闭上眼睛,想:上帝为什么早早地召母亲回去呢?很久很久,迷迷糊糊的我听见了回答:'她心里太苦了。上帝看她受不住了,就召她回去。'我似乎得到了一点儿安慰,睁开眼睛,看见风正从树林里穿过。"小公园,指的也是地坛。

只是到了这时候,纷纭的往事才在我眼前幻现得清晰,母亲的苦难与伟大才在我心中渗透得深彻。上帝的考虑,也许是对的。

摇着轮椅在园中慢慢走,又是雾罩的清晨,又是骄阳高悬的白昼,我只想着一件事:母亲已经不在了。在老柏树旁停下,在草地上在颓墙边停下,又是处处虫鸣的午后,又是鸟儿归巢的傍晚,我心里只默念着一句话:可是母亲已经不在了。把椅背放倒,躺下,似睡非睡挨到日没,坐起来,心神恍惚,呆呆地直坐到古祭坛上落满黑暗然后再渐渐浮起月光,心里才有点明白:母亲不能再来这园中找我了。

曾有过好多回,我在这园子里待得太久了,母亲就来找我。她来找我又不想让我发觉,只要见我还好好地在这园子里,她就悄悄转身回去,我看见过几次她的背影。我也看见过几回她四处张望的情景，她视力不好，端着眼镜像在寻找海上的一条船，她没看见我时我已经看见她了，待我看见她也看见我了我就不去看她，过一会儿再抬头看她就又看见她缓缓离去的背影。我单是无法知道有多少回她没有找到我。有一回我坐在矮树丛中，树丛很密，我看见她没有找到我，她一个人在园子里走，走过我的身旁，走过我经常待的一些地方，步履茫然又急迫。我不知道她已经找了多久还要找多久，我不知道为什么我决意不喊她——但这绝不是小时候的捉迷藏，这也许是出于长大了的男孩子的倔强或羞涩？但这倔强只留给我痛悔，丝毫也没有骄傲。我真想告诫所有长大了的男孩子，千万不要跟母亲来这套倔强，羞涩就更不必，我已经懂了可我已经来不及了。

　　儿子想使母亲骄傲，这心情毕竟是太真实了，以致使"想出名"这一声名狼藉的念头也多少改变了一点形象。这是个复杂的问题，且不去管它了罢。随着小说获奖的激动逐日暗淡，我开始相信，至少有一点我是想错了：我用纸笔在报刊上碰撞开的一条路，并不就是母亲盼望我找到的那条路。年年月月我都到这园子里来，年年月月我都要想，母亲盼望我找到的那条路到底是什么。母亲生前没给我留下过什么隽永的哲言，或要我恪守的教诲，只是在她去世之后，她艰难的命运，坚忍的意志和毫不张扬的爱，随光阴流转，在我的印象中愈加鲜明深刻。

　　有一年，十月的风又翻动起安详的落叶，我在园中读书，听见两个散步的老人说："没想到这园子有这么大。"我放下书，想，这么大一座园子，要在其中找到她的儿子，母亲走过了多少焦灼的路。多年来我头一次意识到，这园中不单是处处都有过我的车辙，有过我的车辙的地方也都有过母亲的脚印。

三

如果以一天中的时间来对应四季,当然春天是早晨,夏天是中午,秋天是黄昏,冬天是夜晚。

如果以乐器来对应四季,我想春天应该是小号,夏天是定音鼓,秋天是大提琴,冬天是圆号和长笛。

要是以这园子里的声响来对应四季呢?那么,春天是祭坛上空漂浮着的鸽子的哨音,夏天是冗长的蝉歌和杨树叶子哗啦啦地对蝉歌的取笑,秋天是古殿檐头的风铃响,冬天是啄木鸟随意而空旷的啄木声。

以园中的景物对应四季,春天是一径时而苍白时而黑润的小路,时而明朗时而阴晦的天上摇荡着串串杨花;夏天是一条条耀眼而灼人的石凳,或阴凉而爬满了青苔的石阶,阶下有果皮,阶上有半张被坐皱的报纸;秋天是一座青铜的大钟,在园子的西北角上曾丢弃着一座很大的铜钟,铜钟与这园子一般年纪,浑身挂满绿锈,文字已不清晰;冬天是林中空地上几只羽毛蓬松的老麻雀。

以心绪对应四季呢?春天是卧病的季节,否则人们不易发觉春天的残忍与渴望;夏天,情人们应该在这个季节里失恋,不然就似乎对不起爱情;秋天是从外面买一棵盆花回家的时候,把花搁在阔别了的家中,并且打开窗户把阳光也放进屋里,慢慢回忆慢慢整理一些发过霉的东西;冬天伴着火炉和书,一遍遍坚定不死的决心,写一些并不发出的信。

还可以用艺术形式对应四季,这样春天就是一幅画,夏天是一部长篇小说,秋天是一首短歌或诗,冬天是一群雕塑。

以梦呢？以梦对应四季呢？春天是树尖上的呼喊，夏天是呼喊中的细雨，秋天是细雨中的土地，冬天是干净的土地上一只孤零的烟斗。

因为这园子，我常感恩于自己的命运。

我甚至现在就能清楚地看见，一旦有一天我不得不长久地离开它，我会怎样想念它，我会怎样想念它并且梦见它，我会怎样因为不敢想念它而梦也梦不到它。

四

现在让我想想，十五年中坚持到这园子来的人都有谁呢？好像只剩了我和一对老人。

十五年前，这对老人还只能算是中年夫妇，我则货真价实还是个青年。他们总在薄暮时分来园中散步，我不大弄得清他们是从哪边的园门进来，一般来说他们是逆时针绕这园子走。男人个子很高，肩宽腿长，走起路来目不斜视，胯以上直至脖颈挺直不动，他的妻子攀了他一条胳膊走，也不能使他的上身稍有松懈。女人个子却矮，也不算漂亮，我无端地相信她必出身于家道中衰的名门富族。她攀在丈夫胳膊上像个娇弱的孩子，她向四周观望似总含着恐惧，她轻声与丈夫谈话，见有人走近就立刻怯怯地收住话头。我有时因为他们而想起冉阿让与柯赛特，但这想法并不巩固，他们一望即知是老夫老妻。两个人的穿着都算得上考究，但由于时代的演进，他们的服饰又可以称为古朴了。他们和我一样，到这园子里来几乎是风雨无阻，不过他们比我守时。我什么时间都可能来，他们则一定是在暮色初临的时候。刮风时他们穿了米色风衣，下雨时他们打了黑色的雨伞,夏天他们的衫衬是白色的裤子是黑色的或米色的,冬天他们的呢子大衣又都是黑色的,想必他们只喜欢这三种颜色。他们逆时针绕这园子一周,然后离去。他们走过我身旁时只有男人的脚步响,女人像是贴在高大的丈夫身上跟着漂移。我相信他们一定对我有印象,但是我们没有说过话,我们互相都没有想要接近的表示。十五年中,他们或许注意到一个小伙子进入了中年,我则看着一对令人羡慕的中年情侣不觉中成了两个老人。

曾有过一个热爱唱歌的小伙子,他也是每天都到这园中来,来唱歌,唱了好多年,后来不见了。他的年纪与我相仿,他多半是早晨来,唱半小时或整整唱一个上午,估计在另外的时间里他还得上班。我们经常在祭坛东侧的小路上相遇,我知道他是到东南角的高墙下去唱歌,他一定猜想我去东北角的树林里做什么。我找到我的地方,抽几口烟,便听见他谨慎地整理歌喉了。他反反复复唱那么几首歌。"文化革命"没过去的时候,他唱"蓝蓝的天上白云飘,白云下面马儿跑……"我老也记不住这歌的名字。"文革"后,他唱《货郎与小姐》中那首最为流传的咏叹调。"卖布——卖布嘞,卖布——卖布嘞!"我记得这开头的一句他唱得很有声势,在早晨清澈的空气中,货郎跑遍园中的每一个角落去恭维小姐。"我交了好运气,我交了好运气,我为幸福唱歌曲……"然后他就一遍一遍地唱,不让货郎的激情稍减。依我听来,他的技术不算精到,在关键的地方常出差错,但他的嗓子是相当不坏的,而且唱一个上午也听不出一点疲惫。太阳也不疲惫,把大树的影子缩小成一团,把疏忽大意的蚯蚓晒干在小路上。将近中午,我们又在祭坛东侧相遇,他看一看我,我看一看他,他往北去,我往南去。日子久了,我感到我们都有结识的愿望,但似乎都不知如何开口,于是互相注视一下终又都移开目光擦身而过,这样的次数一多,便更不知如何开口了。终于有一天——一个丝毫没有特点的日子,我们互相点了一下头。他说:"你好。"我说:"你好。"他说:"回去啦?"我说:"是,你呢?"他说:"我也该回去了。"我们都放慢脚步(其实我是放慢车速),想再多说几句,但仍然是不知从何说起,这样我们就都走过了对方,又都扭转身子面向对方。他说:"那就再见吧。"我说:"好,再见。"便互相笑笑各走各的路了。但是我们没有再见,那以后,园中再没了他的歌声,我才想到,那天他或许是有意与我道别的,也许他考上哪家专业的文工团或歌舞团了吧?真希望他如他歌里所唱的那样,交了好运气。

还有一些人,我还能想起一些常到这园子里来的人。有一个老头,算得一个真正的饮者,他在腰间挂一个扁瓷瓶,瓶里当然装满了酒,常来这园中消磨午后的时光。他在园中四处游逛,如果你不注意你会以为园中有好几个这样的老头,等你看过了他卓尔不群的饮酒情状,你就会相信这是个独一无二的老头。他的衣着过分随便,走路的姿态也不慎重,走上五六十米路便选定一处地方,一只脚踏在石凳上或土埂上或树墩上,解下腰间的酒瓶,解酒瓶的当儿眯起眼睛把一百八十度视角内的景物细细看一遭,然后以迅雷不及掩耳之势倒一大口酒入肚,把酒瓶摇一摇再挂向腰间,平心静气地想一会儿什么,便走下一个五六十米去。

还有一个捕鸟的汉子,那岁月园中人少,鸟却多,他在西北角的树丛中拉一张网,鸟撞在上面,羽毛戗在网眼里便不能自拔。他单等一种过去很多而现在非常罕见的鸟,其他的鸟撞在网上他就把它们摘下来放掉,他说已经有好多年没等到那种罕见的鸟了,他说他再等一年看看到底还有没有那种鸟,结果他又等了好多年。

早晨和傍晚，在这园子里可以看见一个中年女工程师，早晨她从北向南穿过这园子去上班，傍晚她从南向北穿过这园子回家。事实上我并不了解她的职业或者学历，但我以为她必是个学理工的知识分子，别样的人很难有她那般的素朴并优雅。当她在园中穿行的时刻，四周的树林也仿佛更加幽静，清淡的日光中竟似有悠远的琴声，比如说是那曲《献给艾丽丝》才好。我没有见过她的丈夫，没有见过那个幸运的男人是什么样子，我想象过却想象不出，后来忽然懂了想象不出才好，那个男人最好不要出现。她走出北门回家去，我竟有点担心，担心她会落入厨房，不过，也许她在厨房里劳作的情景更有另外的美吧，当然不能再是《献给艾丽丝》，是个什么曲子呢？

还有一个人，是我的朋友，他是个最有天赋的长跑家，但他被埋没了。他因为在"文革"中出言不慎而坐了几年牢，出来后好不容易找了个拉板车的工作，样样待遇都不能与别人平等，苦闷极了便练习长跑。那时他总来这园子里跑，我用手表为他计时，他每跑一圈向我招一下手，我就记下一个时间。每次他要环绕这园子跑二十圈，大约两万米。他盼望以他的长跑成绩来获得政治上真正的解放，他以为记者的镜头和文字可以帮他做到这一点。第一年他在春节环城赛上跑了第十五名，他看见前十名的照片都挂在了长安街的新闻橱窗里，于是有了信心。第二年他跑了第四名，可是新闻橱窗里只挂了前三名的照片，他没灰心。第三年他跑了第七名，橱窗里挂前六名的照片，他有点怨自己。第四年他跑了第三名，橱窗里却只挂了第一名的照片。第五年他跑了第一名——他几乎绝望了，橱窗里只有一幅环城赛群众场面的照片。那些年我们俩常一起在这园子里待到天黑，开怀痛骂，骂完沉默着回家，分手时再互相叮嘱：

先别去死,再试着活一活看。现在他已经不跑了,年岁太大了,跑不了那么快了。最后一次参加环城赛,他以三十八岁之龄又得了第一名并且破了纪录,有一位专业队的教练对他说:"我要是十年前发现你就好了。"他苦笑一下什么也没说,只在傍晚又来这园中找到我,把这事平静地向我叙说一遍。不见他已有好几年了,现在他和妻子和儿子住在很远的地方。

这些人现在都不到园子里来了,园子里差不多完全换了一批新人。十五年前的旧人,现在就剩我和那对老夫老妻了。有那么一段时间,这老夫老妻中的一个也忽然不来,薄暮时分唯男人独自来散步,步态也明显迟缓了许多,我悬心了很久,怕是那女人出了什么事。幸好过了一个冬天那女人又来了,两个人仍是逆时针绕着园子走,一长一短两个身影恰似钟表的两支指针。女人的头发白了很多,但依旧攀着丈夫的胳膊走得像个孩子。"攀"这个字用得不恰当了,或许可以用"搀"吧,不知有没有兼具这两个意思的字。

五

我也没有忘记一个孩子——一个漂亮而不幸的小姑娘。十五年前的那个下午,我第一次到这园子里来就看见了她,那时她大约三岁,蹲在斋宫西边的小路上捡树上掉落的"小灯笼"。那儿有几棵大栾树,春天开一簇簇细小而稠密的黄花,花落了便结出无数如同三片叶子合抱的小灯笼,小灯笼先是绿色,继而转白,再变黄,成熟了掉落得满地都是。小灯笼精巧得令人爱惜,成年人也不免捡了一个还要捡一个。小姑娘咿咿呀呀地跟自己说着话,一边捡小灯笼。她的嗓音很好,不是她那个年龄所常有的那般尖细,而是很圆润甚或是厚重,也许是因为那个下午园子里太安静了。我奇怪这么小的孩子怎么一个人跑来这园子里?我问她住在哪儿?她随手指一下,就喊她的哥哥,沿墙根一带的茂草之中便站起一个七八岁的男孩,朝我望望,看我不像坏人便对他的妹妹说:"我在这儿呢",又伏下身去,他在捉什么虫子。他捉到螳螂、蚂蚱、知了和蜻蜓,来取悦他的妹妹。有那么两三年,我经常在那几棵大栾树下见到他们,兄妹俩总是在一起玩,玩得和睦融洽,都渐渐长大了些。之后有很多年没见到他们。我想他们都在学校里吧,小姑娘也到了上学的年龄,必是告别了孩提时光,没有很多机会来这儿玩了。这事很正常,没理由太搁在心上,若不是有一年我又在园中见到他们,肯定就会慢慢把他们忘记。

那是个礼拜日的上午。那是个晴朗而令人心碎的上午,时隔多年,我竟发现那个漂亮的小姑娘原来是个弱智的孩子。我摇着车到那几棵大栾树下去,恰又是遍地落满了小灯笼的季节。当时我正为一篇小说的结尾所苦,即不知为什么要给它那样一个结尾,又不知何以忽然不想让它有那样一个结尾,于是从家里跑出来,想依靠着园中的镇静,看看是否应该把那篇小说放弃。我刚刚把车停下,就见前面不远处有几个人在戏耍一个少女,做出怪样子来吓她,又喊又笑地追逐她拦截她,少女在几棵大树间惊惶地东跑西躲,却不松手揪卷在怀里的裙裾,两条腿坦露着也似毫无察觉。我看出少女的智力是有些缺陷,却还没看出她是谁。我正要驱车上前为少女解围,就见远处飞快地骑车来了个小伙子,于是那几个戏耍少女的家伙望风而逃。小伙子把自行车支在少女近旁,怒目望着那几个四散逃窜的家伙,一声不吭喘着粗气,脸色如暴雨前的天空一样一会儿比一会儿苍白。这时我认出了他们,小伙子和少女就是当年那对小兄妹。

我几乎是在心里惊叫了一声,或者是哀号。世上的事常常使上帝的居心变得可疑。小伙子向他的妹妹走去。少女松开了手,裙裾随之垂落下来,很多很多她捡的小灯笼便洒落一地,铺散在她脚下。她仍然算得漂亮,但双眸迟滞没有光彩。她呆呆地望着那群跑散的家伙,望着极目之处的空寂,凭她的智力绝不可能把这个世界想明白吧?大树下,破碎的阳光星星点点,风把遍地的小灯笼吹得滚动,仿佛喑哑地响着的无数小铃铛。哥哥把妹妹扶上自行车后座,带着她无言地回家去了。

无言是对的。要是上帝把漂亮和弱智这两样东西都给了这个小姑娘,就只有无言和回家去是对的。

谁又能把这世界想个明白呢?世上的很多事是不堪说的。你可以抱怨上帝何以要降诸多苦难给这人间,你也可以为消灭种种苦难而奋斗,并为此享有崇高与骄傲,但只要你再多想一步你就会坠入深深的迷茫了:假如世界上没有了苦难,世界还能够存在么?要是没有愚钝,机智还有什么光荣呢?要是没了丑陋,漂亮又怎么维系自己的幸运?要是没有了恶劣和卑下,善良与高尚又将如何界定自己如何成为美德呢?要是没有了残疾,健全会否因其司空见惯而变得腻烦和乏味呢?我常梦想着在人间彻底消灭残疾,但可以相信,那时将由患病者代替残疾人去承担同样的苦难。如果能够把疾病也全数消灭,那么这份苦难又将由(比如说)相貌丑陋的人去承担了。就算我们连丑陋,连愚昧和卑鄙和一切我们所不喜欢的事物和行为,也都可以统统消灭掉,所有的人都一样健康、漂亮、聪慧、高尚,结果会怎样呢?怕是人间的剧目就全要收场了,一个失去差别的世界将是一潭死水,是一块没有感觉也没有肥力的沙漠。

看来差别永远是要有的。看来就只好接受苦难——人类的全部剧目需要它，存在的本身需要它。看来上帝又一次对了。

于是就有一个最令人绝望的结论等在这里：由谁去充任那些苦难的角色？又由谁去体现这世间的幸福，骄傲和欢乐？只好听凭偶然，是没有道理好讲的。

就命运而言，休论公道。

那么，一切不幸命运的救赎之路在哪里呢？

设若智慧或悟性可以引领我们去找到救赎之路，难道所有的人都能够获得这样的智慧和悟性吗？

我常以为是丑女造就了美人。我常以为是愚氓举出了智者。我常以为是懦夫衬照了英雄。我常以为是众生度化了佛祖。

六

设若有一位园神，他一定早已注意到了，这么多年我在这园里坐着，有时候是轻松快乐的，有时候是沉郁苦闷的，有时候优哉游哉，有时候恓惶落寞，有时候平静而且自信，有时候又软弱，又迷茫。其实总共只有三个问题交替着来骚扰我，来陪伴我。第一个是要不要去死？第二个是为什么活？第三个，我干吗要写作？

现在让我看看，它们迄今都是怎样编织在一起的吧。

你说，你看穿了死是一件无需乎着急去做的事，是一件无论怎样耽搁也不会错过的事，便决定活下去试试？是的，至少这是很关键的因素。为什么要活下去试试呢？好像仅仅是因为不甘心，机会难得，不试白不试，腿反正是完了，一切仿佛都要完了，但死神很守信用，试一试不会额外再有什么损失。说不定倒有额外的好处呢是不是？我说过，这一来我轻松多了，自由多了。为什么要写作呢？

"作家"是两个被人看重的字,这谁都知道。为了让那个躲在园子深处坐轮椅的人有朝一日在别人眼里也稍微有点光彩,在众人眼里也能有个位置,哪怕那时再去死呢也就多少说得过去了。开始的时候就是这样想,这不用保密。这些现在不用保密了。

我带着本子和笔,到园中找一个最不为人打扰的角落,偷偷地写。那个爱唱歌的小伙子在不远的地方一直唱。要是有人走过来,我就把本子合上把笔叼在嘴里。我怕写不成反落得尴尬。我很要面子。可是你写成了,而且发表了。人家说我写的还不坏,他们甚至说:真没想到你写得这么好。我心说你们没想到的事还多着呢。我确实有整整一宿高兴得没合眼。我很想让那个唱歌的小伙子知道,因为他的歌也毕竟是唱得不错。我告诉我的长跑家朋友的时候,那个中年女工程师正优雅地在园中穿行。长跑家很激动,他说好吧,我玩儿命跑,你玩儿命写。这一来你中了魔了,整天都在想哪一件事可以写,哪一个人可以让你写成小说。是中了魔了,我走到哪儿想到哪儿,在人山人海里只寻找小说,要是有一种小说试剂就好了,见人就滴两滴看他是不是一篇小说,要是有一种小说显影液就好了,把它泼满全世界看看都是哪儿有小说,中了魔了,那时我完全是为了写作活着。结果你又发表了几篇,并且出了一点小名,可这时你越来越感到恐慌。我忽然觉得自己活得像个人质,刚刚有点像个人了却又过了头,像个人质,被一个什么阴谋抓了来当人质,不定哪天就被处决,不定哪天就完蛋。你担心要不了多久你就会文思枯竭,那样你就又完了。凭什么我总能写出小说来呢?凭什么那些适合做小说的生活素材就总能送到一个截瘫者跟前来呢?人家满世界跑都有枯竭的危险,而我坐在这园子里凭什么可以一篇接一篇地写呢?你又想到死了。我想见好就收吧。当一名人质实在是太累了太紧张了，太朝不保夕了。我为写作而活下来，要是写作到底不是我应该干的事，我想我再活下去是不是太冒傻气了？你这么想着你却还在绞尽脑汁地想写。我好歹又拧出点儿水来，从一条快要晒干的毛巾上。恐慌日甚一日，随时可能完蛋的感觉比完蛋本身可怕多了，所谓不怕贼偷就怕贼惦记，我想人不如死了好，不如不出生的好，不如压根儿没有这个世界的好。可你并没有去死。我又想到那是一件不必着急的事。可是不必着急的事并不证明是一件必要拖延的事呀？你总是决定活下来，这说明什么？是的，我还是想活。人为什么活着？因为人想活着，说到底是这么回事，人真正的名字叫做：欲望。可我不怕死，有时候我真的不怕死。有时候——说对了。不怕死和想去死是两回事，有时候不怕死的人是有的，一生下来就不怕死的人是没有的。我有时候倒是怕活。可是怕活不等于不想活呀？可我为什么还想活呢？因为你还想得到点儿什么，你觉得你还是可以得到点儿什么的，比如说爱情，比如说价值感之类，人真正的名字叫欲望。这不对吗？我不该得到点儿什么吗？没说不该。可我为什么活得恐慌，就像个人质？后来你明白了，你明白你错了，活着不是为了写作，而写作是为了活着。你明白了这一点是在一个挺滑稽的时刻。那天你又说你不如死了好，你的一个朋友劝你：你不能死，你还得写呢，还有好多好作品等着你去写呢。这时候你忽然明白了，你说：只是因为我活着，我才不得不写作。或者说只是因为你还想活下去，你才不得不写作。是的，这样说过之后我竟然不那么恐慌了。就像你看穿了死之后所得的那份轻松？一个人质报复一场阴谋的最有效的办法是把自己杀死。我看出我得先把我杀死在市场上，那样我就不用参加抢购题材的风潮了。你还写吗？还写。你真的不得不写吗？人都忍不住要为生存找一些牢靠的理由。你不担心你会枯竭了？我不知道，不过我想，活着的问题在死之前是完不了的。

这下好了，您不再恐慌了不再是个人质了，您自由了。算了吧你，我怎么可能自由呢？别忘了人真正的名字是：欲望。所以您得知道，消灭恐慌的最有效的办法就是消灭欲望。可是我还知道，消灭人性的最有效的办法也是消灭欲望。那么，是消灭欲望同时也消灭恐慌呢？还是保留欲望同时也保留人性？

我在这园子里坐着，我听见园神告诉我：每一个有激情的演员都难免是一个人质。每一个懂得欣赏的观众都巧妙地粉碎了一场阴谋。每一个乏味的演员都是因为他老以为这戏剧与自己无关。每一个倒霉的观众都是因为他总是坐得离舞台太近了。

我在这园子里坐着，园神成年累月地对我说：孩子，这不是别的，这是你的罪孽和福祉。

七

要是有些事我没说，地坛，你别以为是我忘了，我什么也没忘，但是有些事只适合收藏。不能说，也不能想，却又不能忘。它们不能变成语言，它们无法变成语言，一旦变成语言就不再是它们了。它们是一片朦胧的温馨与寂寥，是一片成熟的希望与绝望，它们的领地只有两处：心与坟墓。比如说邮票，有些是用于寄信的，有些仅仅是为了收藏。

如今我摇着车在这园子里慢慢走，常常有一种感觉，觉得我一个人跑出来已经玩得太久了。有一天我整理我的旧相册，看见一张十几年前我在这园子里照的照片——那个年轻人坐在轮椅上，背后是一棵老柏树，再远处就是那座古祭坛。我便到园子里去找那棵树。

我按着照片上的背景找很快就找到了它,按着照片上它枝干的形状找,肯定那就是它。但是它已经死了,而且在它身上缠绕着一条碗口粗的藤萝。我当然记得园工们种那棵藤萝时的情景,我却不记得是在什么时候它已经长到了碗口粗。有一天我在这园子里碰见一个老太太,她说:"哟,你还在这儿哪?"她问我:"你母亲还好吗?""您是谁?""你不记得我,我可记得你。有一回你母亲来这儿找你,她问我您看没看见一个摇轮椅的孩子……"我忽然觉得,我一个人跑到这世界上来玩真是玩得太久了。有一天夜晚,我独自坐在祭坛边的路灯下看书,忽然从那漆黑的祭坛里传出一阵阵唢呐声。四周都是参天古树,方形的祭坛占地几百平米空旷坦荡独对苍天,我看不见那个吹唢呐的人,唯唢呐声在星光寥寥的夜空里低吟高唱,时而悲怆时而欢快,时而缠绵时而苍凉,或许这几个词都不足以形容它,我清清醒醒地听出它响在过去,响在现在,响在未来,回旋飘转亘古不散。

必有一天,我会听见喊我回去。

那时您可以想象一个孩子,他玩累了可他还没玩够呢,心里好些新奇的念头甚至等不及到明天。也可以想象是一个老人,无可质疑地走向他的安息地,走得任劳任怨。还可以想象一对热恋中的情人,互相一次次说"我一刻也不想离开你",又互相一次次说"时间已经不早了",时间不早了可我一刻也不想离开你,一刻也不想离开你可时间毕竟是不早了。

我说不好我想不想回去。我说不好是想还是不想,还是无所谓。我说不好我是像那个孩子,还是像那个老人,还是像一个热恋中的情人。很可能是这样:我同时是他们三个。我来的时候是个孩子,他有那么多孩子气的念头所以才哭着喊着闹着要来,他一来一见到这个世界便立刻成了不要命的情人，而对一个情人来说，不管多么漫长的时光也是稍纵即逝，那时他便明白，每一步每一步，其实一步步都是走在回去的路上。当牵牛花初开的时节，葬礼的号角就已吹响。

但是太阳，他每时每刻都是夕阳也都是旭日。当他熄灭着走下山去收尽苍凉残照之际，正是他在另一面燃烧着爬上山巅布散烈烈朝晖之时。有一天，我也将沉静着走下山去，扶着我的拐杖。那一天，在某一处山洼里，势必会跑上来一个欢蹦的孩子，抱着他的玩具。

当然，那不是我。

但是，那不是我吗？

宇宙以其不息的欲望将一个歌舞炼为永恒。这欲望有怎样一个人间的姓名，大可忽略不计。

一九九〇年一月

随 笔 篇

爱情问题

病隙碎笔（之五）

病隙碎笔（之六）

康复主义断想

"安乐死"断想

减灾四想

给盲童朋友

爱情问题

一

有人说,世界上,每分每秒都有贝多芬的乐曲在奏响在回荡,如果真有外星人的话,他们会把这声音认作地球的标志(就像土星有一道美丽的环),据此来辨认我们居于其上的这颗星星。这是个浪漫的想象。何妨再浪漫些呢?若真有外星人,外星人爷爷必定会告诉外星人孙子,这声音不过是近二百年来才出现的,而比这声音古老得多的声音是"爱情"。爱情,几千年来人类以各种发音说着、唱着、赞美着和向往着它,缠绵激荡片刻不息。因此,外星人爷爷必定会纠正外星人孙子:爱情——这声音,才是银河系中那颗美丽星星的标志呢。

二

但,爱情是什么?爱情,都是什么呢?

大约不会有人反对:美满的爱情必要包含美妙的性(注:本文中的"性"意指性吸引、性行为、性快乐),而美满的性当然要以爱情为前提。因为世上还有一种叫做"友爱"的情感,以及一种叫做

"嫖娼"和一种叫做"施暴"的行为。因而大约也就不会有人反对：爱情不等于性，性也不能代替爱情。如同红灯区里的男人或女人都不能代替爱人。

这差不多能算一种常识。

问题是：那个不等同于性的爱情是什么？那个性所不能代替的爱情是什么？包含性并且大于性的那个爱情，到底是怎么一种事？

三

也许爱情，就是友爱加性吸引？

就算这机械的加法并不可笑，但是，为什么你的异性朋友不止十个，而爱人却只有一个（或同时只有一个）呢？因为只有一个对你产生性吸引？是吗？

也许有人是，可我不是。我不是而且我相信，像我这样不止从一个异性那儿感受到吸引的人很多，像我这样不止被一个美丽女人惊呆了眼睛和惊动了心的男人很多，像我这样公开或暗自赞美过两个以上美妙异性的人肯定占着人类的多数。

证明其实简单：你还没有看见你的爱人之时你早已看见了异性的美妙，你被异性惊扰和吸引之后你才开始去寻找爱人。你在寻找一个事先并不确定的异性作你的爱人，这说明你在选择。你在选择，这说明对你有性吸引力的异性并不只有一个。那么，选择的根据是什么？若仅仅是性，便没有什么爱情发生，因而那是动物界司空见惯的事件与本文无关。你的根据当然是爱情。

但是爱情是什么眼下还不知道。

现在只知道了一件事：性吸引从来不是一对一的，从来是多向的，否则物种便要在无竞争中衰亡。

四

我读过一篇小说，写一对恋人（或夫妻）出门去，走在街上、走进商店、坐上公共汽车和坐进餐厅里，女人发现男人的目光常常投向另外的女人（一些漂亮或性感的女人），于是她从扫兴到愤怒终至离开了那男人。这篇小说明显是嘲讽那个男人，相信他不懂得爱情和不忠于爱情。

但该小说作者的这一判断只有一半的可能是对的。一半的可能是，那个男人尚未走出一般动物的行列，另外一半的可能是那个女人不懂爱情。首先，她没弄清性与爱的分别，性是多指向的，而性的多指向未必不可以与爱的专一共存。其次，她把自己仅仅放在了性的位置上，因为只有在这个位置上她与另外那些女人才是可比的。第三，那男人没有因为众多的性吸引而离开她，她可想过这是为什么吗？她显然没想过，倒是她仅仅为了性妒忌而离开了她的恋人或丈夫。

恋人们或夫妻们，应该承认性吸引的多向性，应该互相允许（公开或暗自）赞赏其他异性之魅力。但是！但是恋人们或夫妻们，可以承认和允许多向的性行为么？不，当然不，至少我不，至少当今绝对多数的人都——不！这，是为什么？这是一个最严重也最有价值的问题。

五

毫无疑问，是因为爱情，因为必须维护爱情的神圣与纯洁，因为专一的爱情才受到赞扬。但是，这就有点奇怪，这就必然引出两个不能含混过去的问题：

一是，爱情既然是一种美好的情感，为什么要专一？为什么只能对一个人？为什么必须如此吝啬？为什么这吝啬或自私倒要受到赞扬，和被誉为神圣与纯洁？

二是，性吸引既然是多向的，为什么性行为不应该也是多向的？为什么性行为要受到限制，而且是以爱情（神圣与纯洁）的名义来限制？为什么对性的态度，竟是对爱情忠贞与否的（一个很重要的）证明？为什么多向的性吸引可与爱情共存，而多向的性行为便被视为对爱情的不忠？

六

先说第二个问题。

这不忠的观念，可能是源于早先的把爱情与婚姻、家庭混为一谈，源于婚姻、家庭所关涉的财产继承。所以这不忠，曾经主要是一个经济问题，现在则不过是旧观念的遗留问题。这不无道理。但，这么简单么？那么在今天，爱情已不等同于婚姻、家庭，已常常与经济无涉，这不忠的观念是否就没有了基础就很快可以消逝了呢？或者这不忠的观念，仅仅是出于动物式的性争夺，在宽厚豁达和更为进步的人那儿已不存在？

我知道一位现代女性，她说只要她的丈夫是爱她的，她丈夫的性对象完全可以不限于她，她说她能理解，她说她自己并不喜欢这样，但是她能理解她的丈夫，她说："只要他爱我，只要他仍然是爱我的，只要他对别人不是爱，他只爱我。"可是，当那男人真的有了另外的性对象而且这样的事情慢慢多起来时，这位现代女性还是陷入了痛苦。不，她并不推翻原来的诺言，她的痛苦不是因为旧观念的遗留，更不是性嫉妒，而是一个始料未及的问题："可我怎么能知道，他还是爱我的？"她说，虽然他对她一如既往，但是她忽然不知道为什么他还是爱她的。她不知道在他眼里和心中，她与另外那些女人有什么不同。她不知道为什么她不是与另外那些女人一样，也仅仅是他的一个性对象？她问："什么能证明爱情？"一如既往的关心、体贴、爱护、帮助……这些就是爱情的证明么？可这是母爱、父爱、友爱、兄弟姐妹之爱也可以做到的呀？但是爱情，需要证明，需要在诸多种爱的情感中独树一帜表明那不是别的那正是爱情！

什么，能证明爱情？

七

曾有某出版社的编辑，约我就爱情之题写一句话。我想了很久，写了：没有什么能够证明爱情，爱情是孤独的证明。

这句话很可能引出误解，以为就像一首旧民谣中所表达的愿望，爱情只是为了排遣寂寞。（那首旧民谣这样说：小小子儿，坐门墩儿，哭着喊着要媳妇儿。要媳妇儿干吗呀？点灯说话儿，吹灯就伴儿，早上起来梳小辫儿。）不，孤独并不是寂寞。无所事事你会感到寂寞，那么日理万机如何呢？你不再寂寞了但你仍可能孤独。孤独也不是孤单。门可罗雀你会感到孤单，那么门庭若市怎样呢？你不再孤单了但你依然可能感到孤独。孤独更不是空虚和百无聊赖。孤独的心必是充盈的心，充盈得要流溢出来要冲涌出去，便渴望有人呼应他、收留他、理解他。孤独不是经济问题也不是生理问题，孤独是心灵问题，是心灵间的隔膜与歧视甚或心灵间的战争与戕害所致。那么摆脱孤独的途径就显然不能是日理万机或门庭若市之类，必须是心灵间戕害的停止、战争的结束、屏障的拆除，是心灵间和平的到来。心灵间的呼唤与呼应、投奔与收留、坦露与理解，那便是心灵解放的号音，是和平的盛典，是爱的狂欢。那才是孤独的摆脱，是心灵享有自由的时刻。

但是这谈何容易，谈何容易！

让我们记起人类社会是怎样开始的吧。那是从亚当和夏娃偷吃了禁果于是知道了善恶之日开始的，是从他们各自用树叶遮挡起生殖器官以示他们懂得了羞耻之时开始的。善恶观（对与错、好与坏、伟大与平庸与渺小等等），意味着价值和价值差别的出现。羞耻感（荣与辱，扬与贬，歌颂与指责与唾骂等等），则宣告了心灵间战争的酿成，这便是人类社会的独有标记，这便是原罪吧，从那时起，每个人的心灵都要走进千万种价值的审视、评判、褒贬，乃至误解中去（枪林弹雨一般），每个人便都不得不遮挡起肉体和灵魂的羞处，于是走进隔膜与防范，走进了孤独。但从那时起所有的人就都生出了一个渴望：走出孤独，回归乐园。

那乐园就是，爱情。

八

寻找爱情,所以不仅仅是寻找性对象,而根本是寻找乐园,寻找心灵的自由之地。这样看来,爱情是可以证明的了。自由可以证明爱情。自由或不自由,将证明那是爱情或者不是爱情。

自由的降临要有一种语言来宣告。文字已经不够,声音已经不够,自由的语言是自由本身。解铃还需系铃人。孤独是从遮掩开始的,自由就要从放弃遮掩开始。孤独是从防御开始的,自由就要从拆除防御开始。孤独是从羞耻开始的,自由就要从废除羞耻开始。孤独是从衣服开始,从规矩开始,从小心谨慎开始,从距离和秘密开始,那么自由就要从脱去衣服开始,从破坏规矩开始,从放浪不羁开始,从消灭距离和泄露秘密开始……(我想,相视如仇一定是爱的结束,相敬如宾呢,则可能还不曾有爱。)

性行为是一种语言。在爱人们那儿,坦露肉体已不仅仅是生理行为的揭幕,更是心灵自由的象征;炽烈地贴近已不单单是性欲的摧动,更是心灵的相互渴望;狂浪的交合已不只是繁殖的手段,而是爱的仪式。爱的仪式不能是自娱,而必得是心灵间的呼唤与应答。爱的仪式,并不发生在一个与世隔绝的孤岛,爱的仪式是百年孤独中的一炬自由之火。在充满心灵战争的人间,唯这儿享有自由与和平。这儿施行与外界不同甚或相反的规则,这儿赞美赤身裸体,这儿尊敬神魂颠倒,这儿崇尚礼崩乐坏,这儿信奉敞开心扉。这就是爱的仪式,爱的表达,爱的宣告,爱的倾诉,爱之祈祷或爱之祭祀。

九

君王与嫔妃、嫖客与娼妓、爱人与爱人,其性行为之方式的相同点想必很多,那是由于身体的限制。但其性行为之方式的不同点肯定更多,因为,就便是相同的行动也都流溢着不同的表达,那是源自心灵的创造。

譬如哭,是忧伤还是矫情,一望可知。譬如笑,是欢欣还是敷衍,一望可知。譬如西门庆和查泰莱夫人的情人,其境界的大不同,一读可知。这很像是人们用着相同的文字,而说着不同的话语。相同的文字大家都认得,不同的话语甚至不能翻译。

顺便想到:什么是淫荡呢?在不赞成禁欲的人看来,并没有淫荡的肉身,只有淫荡的心计。只要是爱的表达(譬如查泰莱夫人与其情人),一切礼崩乐坏的作为都是真理,并无淫荡可言。而若有爱之外的指向(譬如西门庆),再规范再八股的行动也算流氓。

十

性是爱的仪式,爱情有多么珍重,性行为就要多么珍重。好比,总不能在婚礼上奏哀乐吧,总不能为了收取祭品就屡屡为亲娘老子行葬礼吧。仪式,大约有着图腾的意味,是要虔敬的。改变一种仪式,意味着改变一种信念,毁坏一种仪式就是放弃一种相应的信念。性行为,可以是爱的仪式,当然也可以是不爱的告白。

这就是为什么,对性的态度,是对爱情忠贞与否的一个重要证明。这就是为什么,性要受到限制,而且是以爱情的名义。

爱情，不是自然事件，不是荒野上交媾的季节。爱情是社会事件，在亚当夏娃走出伊甸园之后发生，爱情是在相互隔膜的人群里爆发的一种理想，并非一种生理的分泌。所以性不能代替爱情，所以爱情包含性又大于性。

十一

再说第一个问题：爱情既然是美好的感情，为什么要专一为什么不该多向呢？为什么不该在三个以至一万个人之间实现这种感情呢？好东西难道不应该扩大倒应该缩小到只是一对一？多向的爱情，正可与多向的性吸引相和谐，多向的性行为何以不能仍然是爱的仪式呢？那岂不是在更大的范围里摆脱孤独么？岂不是在更大的范围里敞开心扉，实现心灵的自由与和平么？这难道不是更美好的局面？

不能说这不是一个美好的理想。这差不多与世界大同类似，而且不单是在物质享有上的大同。在我想来，这更具有理想的意味。至少，以抽象的逻辑而论，没有谁能说出这样的局面有什么不美和不好。若有不美和不好，则必是就具体的不能而言。问题就在这儿，不是不该，而是不能。不是理想的不该，不是逻辑的不通，也不是心性的不欲，而是现实的不能。

为什么不能？

非常奇妙：不能的原因，恰恰就是爱情的原因。简而言之：孤独创造了爱情，这孤独的背景，恰恰又是多向爱情之不能的原因。倘万众相爱可如情侣，孤独的背景就要消失，于是爱情的原因也将不在。孤独的背景即是我们生存的背景，这与悲观和乐观无涉，这是闭上眼睛也能感受到的事实，所以爱情应当珍重，爱情神圣。

倘有三人之恋，我看应当赞美，应当感动，应当颂扬。这与所谓第三者绝无相同，与群婚、滥交、纳妾、封妃更是天壤之别。唯其可能性微乎其微。更别说四。

十二

我知道有一位性解放人士，他公开宣称他爱着很多女人，不是友爱而是包含性且大于性的爱情，他的宣称不是清谈，他宣称并且实践。这实践很可能值得钦佩。但不幸，此公还有一个信条：诚实。（这原不需特别指出，爱情嘛，没有诚实还算什么？）于是苦恼就来了，他发现他走进了一个二律背反的处境：要保住众多爱情就保不住诚实，要保住诚实就保不住众多爱情。因为在他众多地诚实了之后，众多的爱人都冲他嚷：要么你别爱我，要么你只爱我一个！于是他好辛苦：对A瞒着B，对B瞒着C，对C瞒着A和B，对B瞒着A和C……于是他好荒唐：本意是寻找自由与和平，结果却得到了束缚和战争，本意要诚实结果却欺瞒，本意要爱结果他好孤独。他说他好孤独，我想他已开始成人。他或者是从动物进化成人了，或者是从神仙下凡成人了，总之他看见了人的处境。这处境是：心与心的自由难得，肉与肉的自由易取。这可能是因为，心与心的差别远远大于肉与肉的差别，生理的人只分男女，心灵的人千差万别。这处境中自由的出路在哪儿？我想无非两路：放弃爱情，在欺瞒中去满足多向的性欲，麻醉掉孤独中的心灵，和做爱情的信徒，知道他非常有限，因而祈祷因而虔敬，不恶其少恶其不存，唯其存在，心灵才注满希望。

十三

　　不过真正的性解放人士，可能并不轻视爱，倒是轻视性。他们并不把性与爱联系在一起，不认为性有爱之仪式的意义，为什么吃不是爱的告白呢？性也不必是。性就是性如同吃就是吃，都只是生理的需要与满足，爱情嘛，是另一回事。这不失为一个聪明的主张。你可以有神圣的专注的爱情，同时也可以有随意的广泛的性行为，既然爱与性互不相等，何妨更明朗些，把二者彻底分割开来对待呢？真的，这不见得不是一个好主意，性不再有自身之外的意义，性就可以从爱情中解放出来，像吃饭一样随处可吃，不再引起其他纠葛了。但是，爱，还包含性么？当然包含，爱人，为什么不能也在一块儿吃顿饭呢？爱情的重要是敞开心扉不是吗，何须以敞开肉体作其宣布？敞开肉体不过是性行为一项难免的程序，在哪儿吃饭不得先有个碗呢？所以我看，这主张不是轻视了爱，而是轻视了性，倘其能够美满就真是人类的一次伟大转折。

　　但是这样，恐怕性又要失去光彩，被轻视的东西必会变得乏味，唾手可得的东西只能使人舒适不能令人激动，这道理相当简单，就像绝对的自由必会葬送自由的魅力。据说在性解放广泛开展的地方，同时广泛地出现着性冷漠，我信这是真的，这是必然。没有了心灵的相互渴望，再加上肉体的沉默（没有另外的表达），性行为肯定就像按时的服药了。假定这不重要，但是爱呢？爱情失去了什么没有？

　　爱情失去了一种最恰当的语言。这语言随处滥用，在爱的时候可还能表达什么呢？还怎么能表达这不同于吃饭和服药的爱情呢？正所谓"假作真时真亦假，无为有处有还无"了。爱情，必要有一种语言来表达,心灵靠它来认同,自由靠它来拓展,和平靠它来实现,没有它怎么行?而且它,必得是不同寻常的、为爱情所专用的。这样的语言总是要有的,不是性就得是其他。不管具体是什么,也一样要受到限制,不可滥用,滥用的结果不是自由而是葬送自由。

既然这样,作为爱的语言或者仪式,就没有什么别的东西能够优于性。因为,性行为的方式,天生酷似爱。其呼唤和应答,其渴求和允许,其拆除防御和解除武装,其放弃装饰和坦露真实,其互相敞开与贴近,其相互依靠与收留,其随心所欲及轻蔑规矩,其携力创造并共同享有,其极乐中忘记你我霎那间仿佛没有了差别,其一同赴死的感觉但又一起从死中回来,曾经分离但现在我们团聚,我们还要分离但我们还会重逢……这些形式都与爱同构。说到底,性之中原就埋着爱的种子,上帝把人分开成两半,原是为了让他们体会孤独并崇尚爱情吧,上帝把性和爱联系起来,那是为了,给爱一种语言或一个仪式,给性一个引导或一种理想。上帝让繁衍在这样的过程里面发生,不仅是为了让一个物种能够延续,更是为了让宇宙间保存住一个美丽的理想和美丽的行动。

十四

可为什么,性,常常被认为是羞耻的呢?我想了好久好久,现在才有点明白:禁忌是自由的背景,如同分离是团聚的前提。

这是一个永恒的悖论。

这是一切"有"的性质,否则是"无"。

我们无法谈论"无",我们以"有"来谈论"无"。

我们无法谈论"死",我们以"生"来谈论"死"。

我们无法谈论"爱情",我们以"孤独"来谈论"爱情"。

一个永恒的悖论,就是一个永恒的距离,一个永恒孤独的现实。

永恒的距离,才能引导永恒的追寻。永恒孤独的现实,才能承载永恒爱情的理想。所以在爱的路途上,永恒的不是孤独也不是团聚,而是祈祷。

祈祷。

一切谈论都不免可笑,包括企图写一篇以"爱情问题"为题的文章。某一个企图写这样一篇文章的人,必会在其文章的结尾处发现:问题永远比答案多。除非他承认:爱情的问题即是爱情的答案。

一九九四年

病隙碎笔（之五）

一

生命到底有没有意义？——只要你这样问了，答案就肯定是：有。因这疑问已经是对意义的寻找，而寻找的结果无外乎有和没有；要是没有，你当然就该知道没有的是什么。换言之，你若不知道没有的是什么，你又是如何判定它没有呢？比如吃喝拉撒，比如生死繁衍，比如诸多确有的事物，为什么不是？此既不是，什么才是？这什么，便是对意义的猜想，或描画，而这猜想或描画正是意义的诞生。

二

存在，并不单指有形之物，无形的思绪也是，甚至更是。有形之物尚可因其未被发现而沉寂千古，无形的思绪——比如对意义的描画——却一向喧嚣、确凿，与你同在。当然，生命中也可以没有这样的思绪和喧嚣，永远都没有，比如狗。狗也可能有吗？那就比如昆虫。昆虫也未必没有吗？但这已经是另外的问题了。

三

既然意义是存在的,何以还会有上述疑问呢?料其真正的疑点,或者忧虑,并不在意义的有无,而在于:第一,这类描画纷纭杂沓,到底有没有客观正确的一种?第二,这意义,无论哪一种,能否坚不可摧?即:死亡是否终将粉碎它?一切所谓意义,是否都将随着生命的结束而变得毫无意义?

四

如果不是所有的生命(所有的人)都有着对意义的描画与忧虑,那就是说,意义并非与生俱来。意义不是先天的赋予,而显然是后天的建立。也就是说,生命本无意义,是我们使它有意义,是"我",使生命获得意义。

建立意义,或对意义的怀疑,乃一事之两面,但不管哪面,都是人所独具。动物或昆虫是不屑问这类问题的,凡无此问题的种类方可放心大胆地宣布生命的无意义。不过它们一旦这样宣布,事情就又有些麻烦,它们很可能就此成精成怪,也要陷入意义的纠缠了。你看传说中的精怪,哪一位不是学着人的模样在为生命寻找意义?比如白娘子的"千年等一回",比如猪八戒的"梦断高老庄"。

五

生命本无意义,是"我"使生命获得意义——此言如果不错,那就是说:"我",和生命,并不完全是一码事。

没有精神活动的生理性存活,也叫生命,比如植物人和草履虫。所以,生命二字,可以仅指肉身。而"我",尤其是那个对意义提出诘问的"我",就不只是肉身了,而正是通常所说的:精神,或灵魂。但谁平时说话也不这么麻烦,一个"我"字便可通用——我不高兴,是指精神的我;我发烧了,是指肉身的我;我想自杀,是指精神的我要杀死肉身的我。"我"字的通用,常使人忽视了上述不同的所指,即人之不同的所在。

六

不过,精神和灵魂就肯定是一码事吗?那你听听这句话:"我看我这个人也并不怎么样。"——这话什么意思?谁看谁不怎么样?还是精神的我看肉身的我吗?那就不对了,"不怎么样"绝不是指身体不好,而"我这个人"则明显是就精神而言,简单说就是:我对我的精神不满意。那么,又是哪一个我不满意这个精神的我呢?就是说,是什么样的我,不仅高于(大于)肉身的我并且也高于(大于)精神的我,从而可以对我施以全面的督察呢?是灵魂。

七

但什么是灵魂呢?精神不同于肉身,这话就算你说对了,但灵魂不同于精神,你倒是解释解释这为什么不是胡说?

因为,还有一句话也值得琢磨:"我要使我的灵魂更加清洁。"这话说得通吧?那么,这一回又是谁使谁呢?麻烦了,真是麻烦了。

不过，细想，这类矛盾推演到最后，必是无限与有限的对立，必是绝对与相对的差距，因而那必是无限之在（比如整个宇宙的奥秘）试图对有限之在（比如个人处境）施加影响，必是绝对价值（比如人类前途）试图对相对价值（比如个人利益）施以匡正。这样看，前面的我必是联通着绝对价值，以及无限之在。但那是什么？那无限与绝对，其名何谓？随便你怎么叫他吧，叫什么其实都是人的赋予，但在信仰的历史中他就叫做：神。他以其无限，而真。他以其绝对的善与美，而在。他是人之梦想的初始之据，是人之眺望的终极之点。他的在先于他的名，而他的名，碰巧就是这个"神"字。

这样的神，或这样来理解神性，有一个好处，即截断了任何凡人企图冒充神的可能。神，乃有限此岸向着无限彼岸的眺望，乃相对价值向着绝对之善的投奔，乃孤苦的个人对广博之爱的渴盼与祈祷。这样，哪一个凡人还能说自己就是神呢？

八

精神，当其仅限于个体生命之时，便更像是生理的一种机能，肉身的附属，甚至累赘（比如它有时让你食不甘味，睡不安寝）。但当它联通了那无限之在（比如无限的人群和困苦，无限的可能和希望），追随了那绝对价值（比如对终极意义的寻找与建立），它就会因自身的局限而谦逊，因人性的丑陋而忏悔，视固有的困苦为锤炼，看琳琅的美物为道具，既知不断地超越自身才是目的，又知这样的超越乃是永远的过程。这样，它就不再是肉身的附属了，而成为命运的引领——那就是它已经升华为灵魂，进入了不拘于一己的关怀与祈祷。所以那些只是随着肉身的欲望而活的，你会说它没有灵魂。

九

比如希特勒，你不能说他没有精神，由仇恨鼓舞起来的那股干劲儿也是一种精神力量，但你可以说他丧失了灵魂。灵魂，必当牵系着博大的爱愿。

再比如希特勒，你可以说他的精神已经错乱——言下之意，精神仍属一种生理机能。你又可以说他的灵魂肮脏——但显然，这已经不是生理问题，而必是牵系着更为辽阔的存在，和以终极意义为背景的观照。

这就是精神与灵魂的不同。

精神只是一种能力。而灵魂，是指这能力或有或没有的一种方向，一种辽阔无边的牵挂，一种并不限于一己的由衷的祈祷。

这也就是为什么不能歧视傻人和疯人的原因。精神能力的有限，并不说明其灵魂一定龌龊，他们迟滞的目光依然可以眺望无限的神秘，祈祷爱神的普照。事实上，所有的人，不都是因为能力有限才向那无边的神秘眺望和祈祷吗？

十

其实，人生来就是跟这局限周旋和较量的。这局限，首先是肉身，不管它是多么聪明和健壮。想想吧，肉身都给了你什么？疾病、伤痛、疲劳、孱弱、丑陋、孤单、消化不良、呼吸不畅、浑身酸痛、某处瘙痒、冷、热、饥、渴、馋、人心隔肚皮、猜疑、嫉妒、防范……当然，它还能给你一些快乐，但这些快乐既是肉身给你的就势必受着肉身的限制。比如，跑是一种快乐，但跑不快又是烦恼；跳也是一种快乐，可跳不高还是苦闷；再比如举不动、听不清、看不见、摸不着、猜不透、想不到、弄不明白……最后是死和对死的恐惧。我肯定没说全，但这都是肉身给你的。而你就像那块假宝玉，兴冲冲地来此人间原是想随心所欲玩它个没够，可怎么先就掉进这么一个狭小黢黑的皮囊里来了呢？这就是他妈的生命？可是，问谁呢你？你以为生命应该是什么样儿？呆着吧哥们儿！这皮囊好不容易捉你来了，轻易就放你走吗？得，你今后的全部任务就是跟它斗了，甭管你想干吗，都要面对它的限制。这样一个冤家对头你却怕它消失。你怕它折磨你，更怕它倏忽而逝不再折磨你——这里面不那么简单，应该有的可想。

但首先还是那个问题：谁折磨你？折磨者和被折磨者，各是哪一个你？

十一

有一种意见认为：是精神的你在折磨肉身的你，或灵魂的你在折磨精神的你。前者，精神总是想冲破肉身的囚禁，肉身便难免为之消损，即"为伊消得人憔悴"吧。后者，无论是"众里寻她千百度"，还是"独上高楼望尽天涯路"，总归也都使你殚思竭虑耗尽精华。为此，这意见给你的忠告是：放弃灵魂的诸多牵挂吧，唯无所用心可得逍遥自在，或平息那精神的喧嚣吧，唯健康长寿是你的福。

还有一种意见认为：是肉身的你拖累了精神的你，或是精神的你阻碍了灵魂的你。前者，比如说，倘肉身的快感湮灭了精神的自由，创造与爱情便都是折磨，唯食与性等等为其乐事。然而，这等乐事弄来弄去难免乏味，乏味而至无聊难道不是折磨？后者呢，倘一己之欲无爱无畏地膨胀起来，他人就难免是你的障碍，你也就难免是他人的障碍，你要扫除障碍，他人也想推翻障碍，于是危机四伏，这难道不是更大的折磨？总之，一个无爱的人间，谁都难免于中饱受折磨，健康长寿唯使这折磨更长久。因此，爱的弘扬是这种意见看中的拯救之路。

十二

但是，当生命走到尽头，当死亡向你索要不可摧毁的意义之时，便可看出这两种意见的优劣了。

如果生命的意义只是健康长寿（所谓身内之物），死亡便终会使它片刻间化作乌有，而在此前，病残或衰老必早已使逍遥自在遭受了威胁和嘲弄。这时，你或可寄望于转世来生，但那又能怎样呢？路途是不可能没有距离的，存在是不可能没有矛盾的，生是不可能绕过死的，转世来生还不是要重复这样的逍遥和逍遥的被取消，这样的长寿和长寿的终于要完结吗？那才真可谓是轮回之苦哇！

但如果，你赋予生命的是爱的信奉，是更为广阔的牵系，并不拘于一己的关怀，那么，一具肉身的溃朽也能使之灰飞烟灭吗？

好了，最关键的时刻到了，一切意义都不能逃避的问题来了：某一肉身的死亡，或某一生理过程的终止，是否将使任何意义都掉进同样的深渊，永劫不复？

十三

如果意义只是对一己之肉身的关怀，它当然就会随着肉身之死而烟消云散。但如果，意义一向牵系着无限之在和绝对价值，它就不会随着肉身的死亡而熄灭。事实上，自古至今已经有多少生命死去了呀，但人间的爱愿却不曾有丝毫的减损，终极关怀亦不曾有片刻的放弃！当然困苦也是这样，自古绵绵无绝期。可正因如此，爱愿才看见一条永恒的道路，终极关怀才不至于终极地结束，这样的意义世代相传，并不因任何肉身的毁坏而停止。

也许你会说：但那已经不是我了呀！我死了，不管那意义怎样永恒又与我何干？可是，世世代代的生命，哪一个不是"我"呢？哪一个不是以"我"而在？哪一个不是以"我"而问？哪一个不是以"我"而思，从而建立起意义呢？肉身终是要毁坏的，而这样的灵魂一直都在人间飘荡，"秦时明月汉时关"，这样的消息自古而今，既不消逝，也不衰减。

十四

你或许要这样反驳：那个"我"已经不是我了，那个"我"早已经不是（比如说）史铁生了呀！这下我懂了，你是说：这已经不是取名为史铁生的那一具肉身了，这已经不是被命名为史铁生的那一套生理机能了。

但是，首先，史铁生主要是因其肉身而成为史铁生的吗？其次，史铁生一直都是同一具肉身吗？比如说，三十年前的史铁生，其肉身的哪一个细胞至今还在？事实上，那肉身新陈代谢早不知更换了多少回！三十年前的史铁生——其实无需那么久——早已面目全非，背驼了，发脱了，腿残了，两个肾又都相继失灵……你很可能见了他也认不出他了。总之，仅就肉身而论，这个史铁生早就不是那个史铁生了，你再说"那已经不是我了"还有什么意思？

十五

可是，你总不能说你就不是史铁生了吧？你就是面目全非，你就是更名改姓，一旦追查起来你还得是那个史铁生。

好吧你追查，可你的追查根据着什么呢？根据基因吗？据说基因也将可以更改了。根据生理特征吗？你就不怕那是个克隆货？根据历史吗？可书写的历史偏又是任人打扮的小姑娘。你还能根据什么？根据什么都不如根据记忆，唯记忆可使你在一具"纵使相逢应不识"的肉身中认出你曾熟悉的那个人。根据你的记忆唤醒我的记忆，根据我的记忆唤醒你的记忆，当我们的记忆吻合时，你认出了我，认出了此一史铁生即彼一史铁生。可我们都记忆起了什么呢？我曾有过的行为，以及这些行为背后我曾有过的思想、情感、心绪。对了，这才是我，这才是我这个史铁生，否则他就是另一个史铁生，一个也可以叫做史铁生的别人。就是说，史铁生的特点不在于他所栖居过的某一肉身，而在于他曾经有过的心路历程，据此，史铁生才是史铁生，我才是我。不信你跟那个克隆货聊聊，保准用不了多一会儿你就糊涂，你就会问：哥们儿你到底是谁呀？这有点儿"我思故我在"的意思。

十六

打个比方：一棵树上落着一群鸟儿，把树砍了，鸟儿也就没了吗？不，树上的鸟儿没了，但它们在别处。同样，此一肉身，栖居过一些思想、情感和心绪，这肉身火化了，那思想、情感和心绪也就没了吗？不，它们在别处。倘人间的困苦从未消失，人间的消息从未减损，人间的爱愿从未放弃，它们就必定还在。

树不是鸟儿，你不能根据树来辨认鸟儿。肉身不是心魂，你不能根据肉身来辨认心魂。那鸟儿若只看重那棵树，它将与树同归于尽。那心魂若只关注一己之肉身，他必与肉身一同化作乌有。活着的鸟儿将飞起来，找到新的栖居。系于无限与绝对的心魂也将飞起来，永存于人间；人间的消息若从不减损，人间的爱愿若一如既往，那就是它并未消失。那爱愿，或那灵魂，将继续栖居于怎样的肉身，将继续有一个怎样的尘世之名，都无关紧要，它既不消失，它就必是以"我"而在，以"我"而问，以"我"而思，以"我"为角度去追寻那亘古之梦。这样说吧：因为"我"在，这样的意义就将永远地被猜疑，被描画，被建立，永无终止。

这又是"我在故我思"了。

十七

人所以成为人，人类所以成为人类，或者人所以对类有着认同，并且存着骄傲，也是由于记忆。人类的文化继承，指的就是这记忆。一个人的记忆，是由于诸多细胞的相互联络，诸多经验的积累、延续和创造；人类的文化也是这样，由于诸多个体及其独具的心流相互沟通、继承和发展。个人之于人类，正如细胞之于个人，正如局部之于整体，正如一个音符之于一曲悠久的音乐。

但这里面常有一种悲哀，即主流文化经常地湮灭着个人的独特。主流者，更似万千心流的一个平均值，或最大公约数，即如诗人西川所说："历史仅记录少数人的丰功伟绩／其他人说话汇合为沉默。"在这最大公约数中，人很容易被描画成地球上的一种生理存在，人的特点似乎只是肉身功能（比之于其他生命）的空前复杂，有如一台多功能的什么机器。所以，此时，艺术和文学出面。艺术和文学所以出面，就为抗议这个最大公约数，就为保存人类丰富多彩的记忆，以使人类不单是一种多功能肉身的延续。

十八

生命是什么？生命是永恒的消息赖以传扬的载体。因那无限之在的要求，或那无限之在的在性，这消息必经某种载体而传扬。就是说，这消息，既是在的原因，也是在的结果。否则它不在。否则什么问题都没有。否则我们无话可说，如同从不吱声的 X。X 是什么？废话，它从不吱声怎么能知道它是什么？

它是什么，它就传扬什么消息，反过来也一样，它传扬什么消息，它就是什么。并非是先有了消息，之后有其载体，不不，而是这消息，或这传扬，已使载体被创造。那消息，曾经比较简陋，比较低级，低级到甚至谈不上意义，只不过是蠕动，是颤抖，是随风飘扬，或只是些简单的欲望，由水母来承载就够了，有恐龙来表达就行了。而当一种复杂而高贵的消息一旦传扬，人便被创造了。是呀，当亚当取其一根肋骨，当他与夏娃一同走出伊甸园，当女娲在寂寞的天地间创造了人，那都是由于一种高贵的期待在要求着传扬啊！亚当、夏娃、女娲，或许都是一种描画，但那高贵的消息确实在传扬，确实的传扬就必有其确实的起点，这起点何妨就叫做亚当、夏娃，女娲和伏羲呢？正如神的在先于神的名，其名用了哪几个字本无需深虑。传说也正是这样：亚当和夏娃走出伊甸园，人类社会从而开始。女娲和伏羲的传说大致也是如此。

十九

但这消息已经是高贵得不能再高贵了吗？只要你注意到了人性的种种丑恶，肉身的种种限制，你就是在谛听或仰望那更为高贵的消息了。那更为高贵的消息，也许不能再经由蛋白质所建构的肉身来传扬，不能再以三维的有形而存在，或者仅仅是因为我们受这三维肉身的限制而不能直接与它相遇，甚至不能逻辑性地与之沟通，因而要以超越时空的梦想、描画和祈祷来追寻它，来使这区区肉身所承载的消息得以辽阔，得以升华。这便是信仰无需实证的原因；实证必为有限之实，信仰乃无限之虚的呼唤。

二十

因而也可以猜想，生命未必仅限于蛋白质的建构，很可能有着千变万化的形式，这全看那无限的消息要求着怎样的传扬了。但不管它有怎样的形式（是以蛋白质还是以更高级的材料来建构），它既是消息的传扬，就必意味着距离和差异。它既是无限，就必是无限个有限的相互联络。因此，个人便永远都是有限，都是局部。那么，这永远的局部，将永远地朝向何方呢？局部之困苦，无不源于局部之有限，因而局部的欢愉必是朝向那无限之整体的皈依。所以皈依是一条永恒的路。这便是爱的真意，爱的辽阔与高贵。

无聊的人总是为皈依标出一处终点，期求着一劳永逸的福果，一尊宝座，或种种超出常人的功能（比如特异功能）。没有证据说那神乎其神的功能全属伪造，但这样的期求哪里还是爱愿呢？不过是宫廷朝政中的权势之争，或绿林草莽间的称王称霸的变体罢了。究其原因，仍是囿于一己之肉身的福乐。然而你就是钢筋铁骨，还不是"荒冢一堆草没了"？你就是金刚不坏之身，还不是"沉舟侧畔千帆过"？那无限的消息不把任何一尊偶像视为永恒，唯爱愿于人间翱飞飘缭历千古而不死。

二十一

你要是悲哀于这世界上终有一天会没有了你，你要是恐惧于那无限的寂灭，你不妨想一想，这世界上曾经也没有你，你曾经就在那无限的寂灭之中。你所忧虑的那个没有了的你，只是一具偶然的肉身。所有的肉身都是偶然的肉身，所有的爹娘都是偶然的爹娘，是那亘古不灭的消息使生命成为可能，是人间必然的爱愿使爹娘相遇，使你诞生。

这肉身从无中来，为什么要怕它回到无中去？这肉身曾从无中来，为什么不能再从无中来？这肉身从无中来又回无中去，就是说它本无关大局。大局者何？你去看一出戏剧吧，道具、布景、演员都可以全套地更换，不变的是什么？是那台上的神魂飘荡，是那台上台下的心流交汇,是那幕前幕后的梦寐以求!人生亦是如此,毁坏的肉身让它回去,不灭的神魂永远流传,而这流传必将又使生命得其形态。

二十二

我常想,一个好演员,他(她)到底是谁?如果他(她)用一年创造了一个不朽的形象,你说,在这一年里他(她)是谁?如果他(她)用一生创造了若干个独特的心魂,他(她)这一生又是谁呢?我问过王志文,他说他在演戏时并不去想给予观众什么,只是进入,我就是他,就是那个剧中人。这剧中人虽难免还是表演者的形象,但这似曾相识的形象中已是完全不同的心流了。

所以我又想,一个好演员,必是因其无比丰富的心魂被困于此一肉身,被困于此一境遇,被困于一个时代所有的束缚,所以他(她)有着要走出这种种实际的强烈欲望,要在那千变万化的角色与境遇中,实现其心魂的自由。

艺术家都难免是这样,乘物以游心,所要借助和所要克服的,都是那一副不得不有的皮囊。以美貌和机智取胜的,都还是皮囊的奴隶。最要受那皮囊奴役的,莫过于皇上,皇上一旦让群臣认不出,他就什么也没有了。所以,凡·高是"向日葵",贝多芬是"命运",尼采是"如是说",而君王是地下宫殿和金缕玉衣。

二十三

无论对演员还是对观众,戏剧是什么?那激情与共鸣是因为什么?是因为现实中不被允许的种种愿望终于有了表达并被尊重的机会。无论是恨,是爱,是针砭、赞美,是缠绵悱恻、荒诞不经,是唐·吉诃德或是哈姆雷特,总之,如是种种若在现实中也有如戏剧中一样的自由表达,一样地被倾听和被尊重,戏剧则根本不会发生。演员的激情和观众的感动,都是由于不可能的一次可能,非现实的一次实现。这可能和实现虽然短暂,但它为心魂开辟的可能性却可流入长久。

不过,一旦这样的实现成为现实,它也就不再能够成为艺术了。但是放心,不可能与非现实是生命永恒的背景,因此,艺术或美的愿望,永远不会失其魅力。

二十四

然而,有形的或具体的美物,很可能随着时间的推移而丧失其美。美的难于确定,使毛姆这样的大作家也为之迷惑,他竟得出结论说:"艺术的价值不在于美,而在于正当的行为。"(见《毛姆随想录》)可什么是正当呢?由谁来确定某一行为的正当与否呢?以更加难于确定的正当,来确定难于确定的美,岂不荒唐?但毛姆毕竟是毛姆,他在同一篇文章中不经意地说了一句话:"他们(指艺术家)的目标是解除压迫他们灵魂的负担。"好了,这为什么不是美的含意呢?你来了,你掉进了一个有限的皮囊,你的周围是隔膜,是限制,是数不尽的墙壁和牢笼,灵魂不堪此重负,于是呼喊,于是求助于艺术,开辟出一处自由的时空以趋向那无限之在和终极意义,为什么这不是美的恒久品质,同时也是人类最正当的行为呢?

二十五

所以要尊重艺术家的放浪不羁。那是自由在冲破束缚，是丰富的心魂在挣脱固定的肉身，是强调梦想才是真正的存在，而肉身不过是死亡使之更新以前需要不断克服和超越的牢笼。

因此有件事情饶有趣味：男演员 A 饰男角色甲，女演员 B 饰女角色乙，在剧中有甲和乙做爱的情节，那么这时候，做爱的到底是谁？直说吧，你能要求 A 和 B 只是模仿而互相毫无性爱的欲望吗？这样的事，尤其是这样的事，恐怕单靠模仿是不成的，仅有形似必露出假来——三级片和艺术片的不同便是证明；前者最多算是两架逼真的模型，后者则牵连着主人公的浩瀚心魂和历史。讲台前或餐桌上可以逢场作戏，此时并不一定要有真诚，唯符合某种公认的规矩就够。可戏剧中的（比如说）性爱，却是不能单靠肉身的，因为如前所说，人们所以需要戏剧，是需要一处自由的时空，需要一回心魂的酣畅表达，是要以艺术的真去反抗现实的假，以这剧场中的可能去解救现实中的不可能，以这舞台或银幕上的实现去探问那布满于四周的不现实。这就是艺术不该模仿生活，而生活应该模仿艺术的理由吧。

二十六

但这是真吗？或者其实这才是假？不是吗，戏剧一散，A 和 B 还不是各回各的妻子或丈夫身边去？刚才的怨海情天岂非一缕轻风？刚才的卿卿我我岂不是逢场作戏？这就又要涉及对真与假的理解，比如说，由衷的梦想是假，虚伪的现实倒是真吗？已有的一切都是真理，未有的一切都是谬误吗？看来还要对真善美中的这个"真"字做一点分析：真，可以指真实、真理，也可以指真诚。毛姆在他的"随想录"中似乎全面地忽视了后者，然后又因真理的流变不居和信念的往往难于实证而陷入迷途。他说："如果真理是一种价值，那是因为它是真的，不是因为说出真理是勇敢的。"又说："一座连接两个城市的桥梁，比一座从一片荒地通往另一片荒地的桥梁重要。"这些话真是让我吃惊。事实上，很多真理，是在很久以后才被证明了它的真实的，若在尚未证明其真实之前就把它当做谬误扫荡，所有的真理就都不能长大。而在它未经证实之前便说出它，不仅需要勇敢，更需要真诚。至于桥梁，也许正因为有从荒地通往荒地的桥梁，城市这才诞生。真诚正是这样的桥梁，它勇敢地铺向一片未知，一片心灵的荒地，一片浩渺的神秘，这难道不是它最重要的价值吗？真理，谁都知道它是要变化、要补充和要不断完善的，别指望一劳永逸。但真诚，谁会说它是暂时的呢？

二十七

科学的要求是真实，信仰的要求是真诚。科学研究的是物，信仰面对的是神。科学把人当做肉身来剖析它的功能，信仰把人看做灵魂来追寻它的意义。科学在有限的成就面前沾沾自喜，信仰在无限的存在面前虚怀若谷。科学看见人的强大，指点江山，自视为世界的主宰；信仰则看见人的苦弱与丑陋，沉思自省，视人生为一次历练与皈依爱愿的旅程。自视为主宰的，很难控制住掠夺自然和强制他人的欲望，而爱愿，正是抵挡这类欲望的基础。但科学，如果终于，或者已经，看见了科学之外的无穷，那便是它也要走进信仰的时候了。而信仰，亘古至今都在等候浪子归来，等候春风化雨，狂妄归于谦卑，暂时的肉身凝成不朽的信爱，等候那迷恋于真实的眼睛闭上，向内里，求真诚。

二十八

让人担心的是 A 和 B 从剧场回家之后的遭遇，即 A 之妻和 B 之夫会怎么想？

从一些这样的妻子和丈夫并未因此而告到法院去，也未跟 A 或 B 闹翻天的事实来看，他们的爱不单由于肉身，更由于灵魂。醋罐子所以不曾打破，绝不是因为什么肚量，而是因为对艺术的理解，既然艺术是灵魂要突破肉身限定的昭示，甚至探险，那飞扬的爱愿唯使他们感动。此时，有限的肉身已非忠贞的标识，宏博的心魂才是爱的指向——而他们分明是看到了，他们的爱人不光是一具会行房的肉身，而是一个多么丰盈、多么懂得爱又是多么会爱的灵魂啊。

这未免有些理想化。但理想化并不说明理想的错误，而艺术本来就是一种理想。"理想化"三个字作为指责，唯一的价值是提醒人们注意现实。现实怎样？现实有着一种危险：A 之妻或 B 之夫很可能因此提出一份离婚申请。在现实中，这不算出格，且能为广大群众所理解。但这毕竟只是现实，这样的爱情仍止于肉身。止于肉身又怎样，白头偕老的不是很多吗？是呀，没说不可以，可以，实在是可以。只是别忘了，现实除了是现实还是对理想的吁求，这吁求也是现实之一种。因此 A 和 B，他们的戏剧以及他们的妻与夫，是共同做着一次探险。险从何来？即由于现实，由于肉身的隔离和限制,由于灵魂的不屈于这般束缚,由于他们不甘以肉身为"我"而要以灵魂为"我"的愿望,不信这狭小的皮囊可以阻止灵魂在那辽阔的存在中汇合。这才是爱的真谛吧,是其永不熄灭的原因。

二十九

我正巧在读《毛姆随想录》,所以时不时地总想起他的话。关于爱,我比较同意他的意见:爱,一是指性爱,一是指仁爱(我猜也就是指宏博的爱愿吧)。前者会消逝,会死亡,甚至会衍生成恨。后者则是永恒,是善。

可他又说:"人生莫大的悲哀……是他们会终止相爱。……两个情人之中总是一个爱而另一个被爱;这将永远妨碍人们在爱情中获得完美幸福……爱情总是少不了一种性腺的分泌,这当是无可置疑的。对于极大多数的人,同一的对象不能永久引发出他们的这种分泌,还有随着年事增长,性腺也萎缩了。人们在这个问题上十分虚伪,不肯面对现实……难道爱怜与爱情可以同日而语吗?"性爱是不能忽视荷尔蒙的,这无可非议。但性爱就是爱情吗?从"这将永远妨碍人们在爱情中获得完美幸福"一语来看,支持性爱的荷尔蒙,并不见得也能够支持爱情。由此可见,性爱和爱情并不是一码事。那么,支持着爱情的是什么呢?难道"性腺也萎缩了",一对老夫老妻就不再可能有爱情了吗?并且,爱情若一味地拘于荷尔蒙的领导,又怎能通向仁爱的永恒与善呢?难道爱情与仁爱是互不相关的两码事?

三十

　　单纯的性爱难免是限于肉身的；总是两个肉身的朝朝暮暮，真是难免有互相看腻的一天。但，若是两个不甘于肉身的灵魂呢？一同去承受人世的危难，一同去轻蔑现实的限定，一同眺望那无限与绝对，于是互相发现了对方的存在、对方的支持，难离难弃……这才是爱情吧。在这样的栖居或旅程中，荷尔蒙必相形见绌，而爱愿弥深，衰老的肉身和萎缩的性腺便不是障碍。而这样的爱一向是包含了怜爱的，正如苦弱的上帝之于苦弱的人间。毛姆还是糊涂哇。其实怜爱是高于性爱的。在荷尔蒙的激励下，昆虫也有昂扬的行动。这类行动，只是被动地服从着优胜劣汰的自然法则，最多是肉身间短暂的娱乐。而怜爱，则是通向仁爱或博爱的起点啊。

　　仁爱或博爱，毛姆视之为善。但我想，一切善其实都是出于这样的爱。我看不出在这样的爱愿之外，善还能有什么独具的价值，相反，若视"正当"为善，倒要有一种危险，即现实将把善制作成一副枷锁。

三十一

　　耶稣的话："我还有不多的时候与你们同在。后来你们要找我，但我所去的地方，你们不能到。这话我曾对犹太人说过，如今也照样对你们说。我赐给你们一条新命令，乃是叫你们彼此相爱。我怎样爱你们，你们也要怎样相爱。"

　　林语堂说："这就是耶稣温柔的声音，同时也是强迫的声音，一种近二千年来浮现在人了解力之上的命令的声音。"

我想,"正当"也会是一种强迫和命令的声音,但它不会是温柔的声音。差别何在?就在于,前者是"近二千年来浮现在人了解力之上的命令的声音",是无限与绝对的声音,是人不得不接受的声音,是人作为部分而存在其中的那个整体的声音,是你终于不要反抗而愿皈依的声音。而后者,是近二千年来人间习惯了的声音,是人智制作的声音,是肉身限制灵魂、现实挟迫梦想的声音,是人强制人的声音。

三十二

我希望我并没有低估了性爱的价值,相反,我看重这一天地之昂扬美丽的造化,便有愁苦,便有忧哀,也是生命鲜活地存在。低估性爱,常是因为高估了性爱而有的后果。将性腺作为爱的支撑,或视为等值,一旦"春风无力百花残"或"无边落木萧萧下",则难免怨屋及乌,叹"人生苦短"及爱也无聊。尚能饭否或尚能性否,都在其次,尚能爱否才是紧要,值得双手合十,谓曰:善哉,善哉!

我曾在另外的文章里猜想过:性爱,原是上帝给人通向宏博之爱的一个暗示,一次启发,一种象征,就像给戏剧一台道具,给灵魂一具肉身,给爱愿一种语言……是呀,这许多器具都是何等精彩,精彩到让魔鬼也生妒意!但你若是忘记了上帝的期待,一味迷恋于器具,摩菲斯特定会在一旁笑破肚皮。

三十三

性爱，实在是借助肉身而又要冲破肉身的一次险象环生的壮举。你看那姿态，完全是相互融合的意味；你听那呼吸，那呼喊，完全是进入异地的紧张、惊讶，是心魂破身而出才有的自由啊！性爱的所谓高峰体验，正是心魂与心魂于不知所在之地——"太虚幻境"或"乌托之邦"——空前的相遇。不过，正也在此时，魔鬼要与上帝赌一个结局：也许他们就被那精彩的器具网罗而去，也许，他们由此而望见通向天国的"窄门"。

三十四

因此，我虽不是同性恋者，却能够理解同性恋。爱恋，既是借助肉身而冲破肉身，性别就不是绝对的前提，既是心魂与心魂的相遇，则要紧的是他者。他者即异在。异性只是异在之一种，而且是比较习常的一种，比较地拘于肉身的一种，而灵魂的异在却要辽阔得多，比如异思和异趣，尤其是被传统或习常所歧视、所压迫着的异端，更是呼唤着爱去照耀和开垦的处女地。在我想，一切爱恋与爱愿，都是因异而生的。异是隔离，爱便是要冲破这隔离；异又是禁地，是诱惑，爱于是有着激情；异还可能是弃地，是险境，爱所以温柔并勇猛（我琢磨，性腺的分泌未必是爱的动因，没准儿倒是爱的一项后果或辅助）。这隔离与诱惑若不单单地由于性之异，凭什么爱恋只能在异性之间？超越了性之异的爱恋，超越了肉身而在更为辽阔的异域团聚的心魂，为什么不同样是美丽而高贵的呢？

三十五

人与人之间是这样,群、族乃至国度之间也应该是这样——异,不是要强调隔离与敌视,而是在呼唤沟通与爱恋。总是自己恋着自己,狭隘不说,其实多么猥琐。党同伐异,群同、族同乃至国同伐异,我真是不懂为什么这不是猥琐而常常倒被视为骨气?我们从小就知道要对别人怀有宽容和关爱,怎么长大了倒糊涂?作为个人,谦虚和爱心是美德,怎么一遇群、族、国度就要以傲慢和警惕取而代之?外交和国防自然是不可不要,就像家家门上都得有把锁,可是心里得明白:这不是人类的荣耀,这是不得已而为之。千万别把这不得已而为之看成美德,一说"我们"便意味着迁就和表彰,一提"他们"就已经受了伤害。

三十六

"第三者"怎么样?"第三者"不也是不愿受肉身的束缚,而要在更宽阔的领域中实现爱愿吗?可能是,也可能不是。比如诗人顾城的故事,开始时仿佛是,结果却不是。"第三者"的故事各不相同,绝难一概而论。

"第三者"的故事通常是这样:A和B的爱情已经枯萎,这时出现了C——比如说A和C,崭新的爱情之花怒放。倘没有什么法律规定人一生只能爱一次,这当然就无可指责。问题是,A和B的爱情已经枯萎这一判断由谁做出?倘由C来做出,那就甭说了,其荒唐不言而喻;所以C于此刻最好闭嘴。由B做出吗?那也甭说,这等于没有故事。当然是由 A 做出。然而 B 不同意，说："A，你糊涂哇！"所以 B 不退出。C 也不退出，A 既做出了前述判断，C 就有理由不退出。我曾以为其实是 B 糊涂，A 既对你宣布了解散，你再以什么理由坚持也是糊涂。可是，故事也可能这样发展：由于 B 的坚持，A 便有回心转意的迹象。然而 C 现在有理由不闭嘴了，C 也说："A，你糊涂哇！"于是 C 仍不退出。如果诗人顾城最初的梦想能够在 A、B、C 间实现，那就会有一个非凡的故事了。但由 B 和 C 都说"A，你糊涂哇"这件事看来，A 可能真是糊涂——试图让水火相融，还不糊涂吗？可是，糊涂是个理性概念，而爱情，都得盘算清楚了才发生吗？我才明白，在这样的故事里，并没有客观的正确，决不要去找一条放之四海而皆准的真理。这不是理性的领域，但也不是全然放弃理性的领域，这是存在先于本质的证明。一切人的问题，都在这样的故事里浓缩起来，全面地向你提出。

三十七

我想，在这样的处境中，唯一要做并且可以做到的是诚实。唯诚实，是灵魂的要求，否则不过是肉身之间的旅游，"江南"、"塞北"而已，然而"小桥流水"和"大漠孤烟"都可能看腻，而灵魂依然昏迷未醒。"第三者"的故事中，最可悲哀、最可指责也是最为荒唐的，就是欺骗——爱情，原是要相互敞开、融合，怎么现在倒陷入加倍的掩蔽和逃离了呢？

通常的情况是 A 和 C 骗着 B。不过这也可能是出于好意——何苦让 B 疯癫，跳楼或者割腕呢？尤其 B 要是真的出了事，A 和 C 都难免一生良心不安。于是欺骗似乎有了正当的理由。可是，被骗者的肉身平安了,他的灵魂呢,二位可曾想过吗?B至死都处在一个不是由自己选择而是由别人决定的位置上,所有人都笑着他的愚蠢,只他自己笑着自己的幸福。然而,你要是人道的,你总不能就让他去跳楼吧?你要是人道的,你也不能丢弃爱情一辈子守着一个随时可能跳楼的人吧?是呀,甭说那么多好听的,倘这故事真实地发生在你身上,说吧,简单点儿,你怎么办?

三十八

我真的不知道该怎么办。

我的第一个想法是:在这样的故事里我宁愿是B。不要疯癫,也别跳楼,痛苦到什么程度大约由不得我,但我必须拎着我的痛苦走开。不为别的,为的是不要让真变成假,不要逼着A和C不得不选择欺骗。痛苦不是丑陋,结束也不是,唯羡和诅咒可以点金成石,化珍宝为垃圾,使以往的美丽毁于一旦。是呀,这是B的责任,也是一个珍视灵魂相遇的恋者的痛苦和信念。"第三者"的故事,通常只把B看做受害者而免去了他的责任,免去了对他的灵魂提问。第二个想法是:在这样的故事里,柔弱很可能美于坚强,痛苦很可能美于达观。爱情不是出于大脑的明智,而是出于灵魂的牵挂,不是肉身的捕捉或替换,而是灵魂的漫展和相遇。因而一个犹豫的A是美的,一个困惑的B是美的,一个隐忍的C是美的;所以是美的,因为这里面有灵魂在彷徨,这彷徨看似比不上理智的决断,但这彷徨却通向着爱的辽阔,是爱的折磨,也是命运在为你敲开信仰之门。而果敢与强悍的"自我",多半还是被肉身圈定,为荷尔蒙所挟迫,是想象力的先天不足或灵魂的尚未觉悟。

三十九

爱情，从来与艺术相似，没有什么理性原则可以概括它、指引它。爱情不像婚姻是现实的契约，爱情是站在现实的边缘向着神秘未知的呼唤与祈祷，它根本是一种理想或信仰。有一句诗：我爱你，以我童年的信仰。你说不清它是什么，所以它是非理性的，但你肯定知道它不是什么，所以它绝不是无理性。对于现实，它常常是脆弱的——比如人们常问艺术：这玩艺儿能顶饭吃？——明智而强悍的现实很可能会泯灭它。但就灵魂的期待而言，它强大并且坚韧，胜败之事从不属于它，它就像凡·高的天空和原野，燃烧、盛开、动荡着古老的梦愿，所有的现实都因之显得谨小慎微，都将聆听它对生命的解释。因而我在《向日葵》的后面常看见一个赴死的身形，又在《有松树的山坡》上听见亘古回荡的钟声。

四十

那回荡的钟声便是灵魂百折不挠的脚步，它曾脱离某一肉身而去，又在那儿无数次降临人世，借无数肉身而万古传扬。生命的消息，就这样永无消损，永无终期。不管科学的发展——比如克隆、基因、纳米——将怎样改变世界的形象，改变道具和布景，甚至改变人的肉身，生命的消息就如这钟声，或这钟声之前荒野上的呼唤，或这呼唤之上的浪浪天风，绝不因某一肉身的枯朽而有些微减弱，或片刻停息。这样看，就不见得是我们走过生命，而是生命走过我们；不见得是肉身承载着灵魂，而是灵魂订制了肉身。就比如，不是音符连接成音乐,而是音乐要求音符的连接。那是固有的天音,如同宇宙的呼吸,存在的浪动,或神的言说,它经过我们然后继续它的脚步,生命于是前赴后继永不息止。为什么要为一个音符的度过而悲伤?为什么要认为生命因此是虚幻的呢?一切物都将枯朽,一切动都不停息,一切动都是流变,一切物再被创生。所以,虚无的悲叹,寻根问底仍是由于肉身的圈定。肉身蒙蔽了灵魂的眼睛,单是看见要回那无中去,却忘了你原是从那无中来。

四十一

当然,每一个音符又都不容忽略,原因简单:那正是音乐的要求。这要求于是对音符构成意义,每一个音符都将追随它,每一个音符都将与所有的音符相关连,所有的音符又都牵系和铸造着此一音符的命运。这就是爱的原因,和爱的所以不能够丢弃吧。你既是演奏者,又是欣赏者,既是脚步,又是聆听。孤芳自赏从根本上说是不可能的,单独的音符怎么听也像一声噪响,孤立的段落终不知所归。音符和段落,倘不能领悟和追随音乐的要求,便黄钟大吕也是过眼烟云,虚无的悲叹势在必然。以肉身的不死而求生命的意义,就像以音符的停滞而求音乐的悠扬。无论是今天的克隆,还是古时的炼丹,以及各类自以为是的功法,都不可能使肉身不死。不死的唯有上帝写下的起伏跌宕、苦乐相依的音乐,生命唯在这音乐中获得意义,驱散虚无。而这永恒的音乐,当然是永恒地要求着音符的死生相继,又当然会跳过无爱的噪响,一如既往保持其美丽与和谐。

四十二

爱,即孤立的音符或段落向着那美丽与和谐的皈依,再从那美丽与和谐中互相发现:原来一切都是相依相随。倘若是音符间的相互隔离与排拒,美丽与和谐便要破坏。但上帝的音乐岂容破坏?比如说,地球的美丽是不容破坏的,生态的和谐是不容破坏的,被破坏的只可能是破坏者自己。比如说,上帝之手将借助干旱、沙尘暴、艾滋病、环境污染、臭氧层空洞……删除造成这一切不和谐的赘物。癌症是什么?是和谐整体中的一个失去控制的部分,这差不多是对无限膨胀着的人类欲望的一个警告。艾滋病是什么?是自身免疫系统的失灵,而生态的和谐正是地球的自身免疫系统。上帝是严厉而且温柔的,如果自以为是的人类仍然听不懂这暗示,地球上被删除的终将是什么应该是明显的。

四十三

书架上的书,一本一本几千本,看似各成一体相互孤立,其实全有关联。几千年的消息都在那儿排开,穿插、叠摞,其相互关联的路径更是玄机无限,鬼神莫测。真可谓"横看成岭侧成峰",但其中任何一本都是"不识庐山真面目"。

我猜想,基因谱系也并不是孤立的每人一份,上帝不见得有那样的耐心,上帝写的是大文章,每个人的基因谱系只是其中一个小小的段落,把这些段落连成一气才可能领悟上帝的意图。领悟,而非破解。用陈村的话说,上帝的手艺哪能这么简单?比如,基因谱系中何以会有很多不知所云的段落？不知所云只是对人而言，只是对"岭"和"峰"而言，是整体对部分而言。部分只好是"知不知，尚矣"。这便是命运永远的神秘，便是人要对上帝保持谦恭，要对他说"是"，要以爱作为祈祷的缘由。

四十四

听说有个人称"易侠"的人，《易经》研究得透彻，不仅可以推算过去，还能够预测未来。我先是不信，可是说的人多了，有的还是亲身体验，我便将信将疑地有些怕——倘那是真的，岂不是说未来早都安排妥当，那人的努力还有什么用处？再那么认真地试图改变什么岂不是冒傻气？但后来想想，也没什么可怕，未来的已定与未定其实一样，未定得往前走，已定也还是得往前走，前面呢，或一个"死"字挡道，或一条无限的路途。这就一样了——反正你在过程之外难有所得。

我写过，神之下凡与人之下放异曲同工，都是"在改造客观世界的同时改造主观世界"。很可能"改造客观世界"倒是瞎说，前面终于是死亡或无限，你改造什么？而"改造主观世界"确凿是你躲不开的工作。比如戏剧，演员身历其境，其体会自然与旁观者的不同。下凡或下放大约就是基于这样的考虑：下去吧，亲身经历一回，感受会不一样。倘"易侠"的预测真的准确，就更可以坚定这改造的决心了。

是呀，剧本早都写好了，演员的责任就很明确：把戏演好，别的没你什么事。何谓演好？就是在那戏剧的曲折与艰难中体会生命的意义，领悟那飘荡在灯光与道具之上的戏魂，改变你固有的迷执。

四十五

说文学（和艺术）的根本是真实，这话我想了又想还是不同意。真实，必当意味着一种客观的标准，或者说公认的标准，否则就不能是真实，而是真诚。客观或公认的标准，于法律是必要的，于科学大约也是必要的，但于文学就埋藏下一种危险，即取消个人的自由，限定探索的范围。文学，可以反映现实，也可以探问神秘和沉入梦想。比如梦想，你如何判定它的真实与否呢？就算它终于无用，或是彻底瞎掰，谁也不能取消它存在与表达的权利。即便是现实，也会因为观察点的各异，而对真实有不同的确认。一旦要求统一（即客观或公认）的真实，便为霸权开启了方便之门，而不必统一的真实则明显是一句废话。

四十六

不必统一的真实，仍叫做真诚。文学，可以是从无中的创造，就是说它可以虚拟，可以幻想，可以荒诞不经，无中生有，只要能表达你的情思与心愿，其实怎么都行，唯真诚就好。真诚，不像真实那样要求公认，因此它可以保障自由，彻底把霸权关在了门外。

不过，当然，在真诚的标牌下完全有可能瞎说，胡闹，毫无意义地扯淡——他自称是真诚，你有什么话讲？可是，你以为真实的旗帜下就没人扯淡吗？总是有扯淡的，但真诚下的扯淡比真实下的扯淡整整多出了一个自由，这可是多么值得！说到底，文学（和艺术）是一种自由，自由的思想，自由的灵魂。倘不是没有自我约束的自由，那就叫做真诚，或者是谦恭吧。

四十七

不过，我对文学二字宁可敬而远之。一是我确实没什么学问，却又似乎跟文学沾了一点儿关系；二是，我总感到，在各种学（包括文学）之外，仍有一片浩瀚无边的存在，那儿，与我更加亲近，更加难离难弃，更加缠缠绕绕地不能剥离，更是人应该重视却往往忽视了的地方。我愿意把我与那儿的关系叫做：写作。到了那儿就像到了故土，备觉亲切；到了那儿就像到了异地，备觉惊奇；到了那儿就像脱离了这个残损而又坚固的躯壳，轻松自由；到了那儿就像漫游于死中，回身看时，一切都有了另外的昭示。

四十八

有位评论家，隔三差五地就要宣布一回：小说还是得好看！我一直都听不出他到底要说什么。这世界上，可有什么事物是得不好看的吗？要是没有，为什么单单拧着小说的耳朵这样提醒？再说了，你认为谁看着你都好看吗？谁看着你看着好看的东西都好看吗？要是你给他一个自以为好看的东西，他却拧着你的耳朵说："你最好给我一个好看的东西！"——你是否认为这是一次有益的交流？也许有益：你知道了好看是因人而异的。还有：但愿你也知道了，总是以自己的好看要求别人的好看，这习惯在别人看来真是不好看。

好看，在我理解，只能是指易读。把文章尽量写得易读，这当然好，问题是众生思绪千差万别，怎能都易到同一条水平线上去？最易之读是不读，最易之思是不思，易而又易，终于弄到没有差别时便只剩下了简陋。

四十九

不知自何时起，中国人做事开始提倡"别那么累"，于是一切都趋于简陋。比如"文革"中的简易楼，简易到没有下水道，清晨家家都有人端出一个盆来在街上走，里面是尿。比如我坐下的国产轮椅，一辆简似一辆，有效期递减；直到最近又买了一辆进口的，这辆真是做得细致，做得"累"，然而坐着却舒服。再比如我家的屋门——八十年代的作品，我无力装修故保留至今——不过是盖房时空出一个方洞，挡之以一块同大的板，再要省事就怕不是人居了。

五十

爱因斯坦说："凡是涉及实在的数学定律都是不确定的，凡是确定的定律都不涉及实在。"因为，任何实在，都有着比抽象（的定律）更为复杂的牵系。各种科学的路线，都是要从复杂中抽象出简单，视简单为美丽，并希望以此来指引复杂。但与此同时，它也就看见了抽象与实在之间其实有着多么复杂的距离。而文学，命定地是要涉及实在，所以它命定地也就不能信奉简单。人类所以创造了文学，就是因为在诸多科学的路线之外看见了复杂，看见了诸学所"不涉及"的"实在"，看见了实在的辽阔、纷繁与威赫。所以，文学有理由站出来，宣布与诸学的背道而驰，即：不是从复杂走向简单,而是由简单进入复杂。因此我常有些很可能是偏颇的念头:在看似已然明朗的地方,开始文学的迷茫路。

五十一

简单与复杂,各有其用,只要不独尊某术就好。一旦独尊,就是牢狱。牢狱并不都由他人把守,自觉自愿画地为牢的也很多。牢狱也并不单指有限的空间,有的人满世界走,却只对一种东西有兴趣。比如煽情。有那么几根神经天底下的人都是一样,不动则已,一动而泪下,谙熟了弹拨这几根神经的,每每能收获眼泪。不是说这不可以,是说单凭这几根神经远不能接近人的复杂。看见了复杂的,一般不会去扼杀简单,他知道那也是复杂的一部分。倒是只看见了简单的常常不能容忍复杂,因而愤愤然说那是庸人自扰,是"不打粮食",是脱离群众,说那"根本就不是文学",甚至"什么都不是",这样一来牢狱就有了。话说回来,不是文学又怎么了?什么都不是又怎么了?一种思绪既然已经发生,一种事物既然已经存在,就像一个人已经出生,它怎么可能什么都不是呢?它只不过还没有一个公认的名字罢了。可是文学,以及各种学,都曾有过这样的遭遇啊!

五十二

文如其人,这话并不绝对可信。文,有时候是表达,是敞开,有时候是掩盖,是躲避,感人泪下的言词后面未必没有隐藏。我自己就有这样的经验,常在渴望表达的时候却做了很多隐藏,而且心里明白,隐藏的或许比表达的还重要。这是为什么?为什么心里明白却还要隐藏?知道那是重要的却还要躲避?

不久前读到陈家琪的一篇文章,使我茅塞顿开。他说:"'是人'与'做人'在我们心中是不分的;似乎'是人'的问题是一个不言而喻的事实,要讨论的只是如何做人和做什么样的人。"又说:"'做人'属于先辈或社会的要求。你就是不想学做人,先辈和社会也会通过教你说话、识字,通过转换知识,通过一种文明化的进程,引导或强迫你去做人。"要你如何做人或标榜自己是如何做人的文学,其社会势力强大,不由得使人怕,使人藏,使人不由得去筹谋一种轻盈并且安全的心情;而另一种文学,恰是要追踪那躲避的,揭开那隐藏的,于是乎走进了复杂。

五十三

那复杂之中才有人的全部啊,才是灵魂的全面朝向。刘小枫说:"人向整体开放的部分只有灵魂,或者说,灵魂是人身上最靠近整体的部分。"又说:"追求整体性知识需要与社会美德有相当程度的隔绝……"要看看隐藏中的人是怎么一回事,不仅复杂而且危险。最大的危险就是要遭遇社会美德的阴沉的脸色。

五十四

我一直相信,人需要写作与人需要爱情是一回事。

人以一个孤独的音符处于一部浩瀚的音乐中,难免恐惧。这恐惧是因为,他知道自己的心愿,却不知道别人的心愿;他知道自己复杂的处境与别人相关,却不知道别人对这复杂的相关取何种态度,他知道自己期待着别人,却没有把握别人是否对他也有着同样的期待。总之,他既听见了那音乐的呼唤,又看见了社会美德的阴沉脸色。这恐惧迫使他先把自己藏起来,藏到甚至连自己也看不到的地方去。但其实这不可能,他既藏了就必然知道藏了什么和藏在了哪儿,只是佯装不知。这,其实不过是一种防御。他藏好了,看看没什么危险了,再去偷看别人。看别人的什么呢?看别人是否也像自己一样藏了和藏了什么。

其实,他是要通过偷看别人来偷看自己,通过看见别人之藏而承认自己之藏,通过揭开别人的藏而一步步解救着自己的藏——这从恋人们由相互试探到相互敞开的过程,可得证明。是呀,人,都在一个孤独的位置上期待着别人,都在以一个孤独的音符而追随那浩瀚的音乐,以期生命不再孤独,不再恐惧,由爱的途径重归灵魂的伊甸园。

五十五

奇斯洛夫斯基的《情诫》,就是要为这样的偷看翻案,使这背了千古骂名的行为得到世人的理解,乃至颂扬。

影片说的是一个身心初醒的大男孩,爱上了对面楼窗里的一个成熟女人,不分昼夜地用望远镜偷看她,偷看她的美丽与热情、孤独与痛苦。当这女人知道了这件事后,先是以不齿的目光来看他。幸而这是个善良的女人,善良使她看见了大男孩的满心虔诚。但她仍以为这只是性的萌动与饥渴,以为可以用性来解救他。但当她真的这样做了,大男孩却痛不欲生,惊慌地逃离,以致要割腕自杀。

为什么呢？因为他的期待远不止于性啊！他的期待中，当然，不会没有性。其身心初醒就像刚刚走出了伊甸园，感到了诱惑，感到了孤独，感到了爱——不知这灵魂全面且巨大的吁求！性只是其一部分啊，部分岂能代替整体？尤其当性仅仅作为性的解救之时，性对那整体而言就更加陌生，甚至构成敌意。

大男孩他说不清，但分明是感到了。他的灵魂正渴望着接近那浩瀚的音乐，却有一种筹谋——试图把复杂的沉重解救到简单的轻盈中去的筹谋，破坏了这音乐之全面的交响。

五十六

当然，这大男孩会逐日成熟，就像人出了伊甸园会越走越远。未来，他也许仍会记得灵魂所期待的全面解救，性从而成为爱的仆从，部分将永久地仰望整体。但也许他就会忘记整体，沉湎于部分所摆布的快乐之中；就像那个成熟的女人，以为性即可解救被逐出了伊甸园的人。

未来什么都是可能的。但现在，对于这个大男孩，灵魂的吁求正全面扑来，使他绝难满足于部分的快乐。所幸者，在影片的末尾，那成熟的女人似也从这男孩的迷茫与挣扎中受了震动，仿佛重新听见了什么。

五十七

应该为这样的偷看平反昭雪。除了陷害式的偷看，世间还有一种"偷看"，比如写作。写作，便是迫于社会美德的围困，去偷看别人和自己的心魂，偷看那被隐藏起来的人之全部。所以，这样的写作必"与社会美德有相当程度的隔绝"。这样的偷看应该受到颂扬，至少应该受到尊重，它提醒着人的孤独，呼唤着人的敞开，并以爱的祈告去承担人的全部。

五十八

所以，别再到那孤独的音符中去寻找灵魂，灵魂不像大脑在肉身中占据着一个有形的位置，灵魂是无形地牵系在那浩瀚的音乐之中的。

据说灵魂是有重量的。有人做过试验，人在死亡的一瞬间体重会减轻多少克，据说那就是灵魂的重量。但是，无论人们如何解剖、寻找，"升天入地求之遍"，却仍然是"两处茫茫皆不见"。假定灵魂确有重量，这重量就一定是由于某种有形的物质吗？它为什么不可以是由于那浩瀚音乐的无形牵系或干涉呢？

这很像物理学中所说的波粒二象性。物质，"可以同时既是粒子又是波"。"粒子是限制在很小体积中的物体，而波则扩展在大范围的空间中"。它所以又是波，是"因为它产生熟知的干涉现象，干涉现象是与波相联系的"。

我猜，人的生命，也是有这类二象性的——大脑限制在很小的体积中，灵魂则扩展得无比辽阔。大脑可以孤立自在，灵魂却牵系在历史、梦想以及人群的相互干涉之中。因此，唯灵魂接近着"整体性知识"，而单凭大脑（或荷尔蒙）的操作则只能陷于部分。

五十九

这使我想到文学。文学之一种,是只凭着大脑操作的,唯跟随着某种传统,跟随着那些已经被确定为文学的东西。而另一种文学,则是跟随灵魂,跟随着灵魂于固有的文学之外所遭遇的迷茫——既是于固有的文学之外,那就不如叫写作吧。前者常会在部分的知识中沾沾自喜。后者呢,原是由于那辽阔的神秘之呼唤与折磨,所以用笔、用思、用悟去寻找存在的真相。但这样的寻找孰料竟然没有尽头,竟然终归"知不知",所以它没理由洋洋自得,其归处唯有谦恭与敬畏,唯有对无边的困境说"是",并以爱的祈祷把灵魂解救出肉身的限定。

六十

这就是"写作的零度"吧?当一个人刚刚来到世界上,就如亚当和夏娃刚刚走出伊甸园,这时他知道什么是国界吗?知道什么是民族吗?知道什么是东、西方文化吗?但他却已经感到了孤独,感到了恐惧,感到了善恶之果所造成的人间困境,因而有了一份独具的心绪渴望表达——不管他动没动笔,这应该就是,而且已经就是写作的开端了。写作,曾经就是从这儿出发的,现在仍当从这儿出发,而不是从政治、经济和传统出发,甚至也不是从文学出发。"零度"当然不是说什么都不涉及,什么都不涉及你可写的什么作!从"零度"出发,必然也要途经人类社会之种种——比如说红灯区和黑社会,但这与从红灯区和黑社会出发自然是不一样。

一个汉人在伊甸园外徘徊、祈祷，一个洋人也在伊甸园外徘徊、祈祷，如果他们相遇并且相爱，如果他们生出一个不汉不洋或亦汉亦洋的孩子，这孩子在哪儿呢？仍是在伊甸园外，在那儿徘徊和祈祷。

这似乎有着象征意味。这似乎暗示了人或写作的永恒处境，暗示了人或写作的必然开端。什么国界呀、民族呀、甲方乙方呀，那原是灵魂的阻碍，是伊甸园外的堕落，是爱愿和写作所渴望冲开的牢壁，怎么倒有一种强大的声音总要把这说成是写作的依归呢？

六十一

回到原来的话题吧。从人的"魂（波）脑（粒）二象性"——恕我编造此名，也是一种无知无畏吧——依此来看，人就不能仅仅是有形的肉身。就是说，生命既是有形的、单独的粒子，又是无形的、呈互相干涉的波。甚至一个人的出生，一个承载着某种意义的生命之诞生，也很像量子理论的描述："在亚原子水平上，物质并不确定地存在于一定地方，而是显示出'存在的倾向性'；原子事件也不在确定的时间以一定的方式发生，而是显示出'发生的倾向性'。""亚原子粒子并非孤立的实体，而只能被理解为实验条件与随后的测定之间的相互关系，量子论从而揭示了宇宙的一种基本的整体性。"

人的生命，或生命的意义，也是这样不能孤立地理解的，还是那句话，它就像浩瀚音乐中的一个音符，一个段落，孤立看它不知所云，唯在整体中才能明了它的意义。什么意义？简单说，就是音符或段落间的相关相系，不离不弃，而这正是爱的昭示啊！

六十二

　　那么，灵魂与思想的区别又是什么呢？任何思想都是有限的，既是对着有限的事物而言，又是在有限的范围中有效。而灵魂则指向无限的存在，既是无限的追寻，又终归于无限的神秘，还有无限的相互干涉以及无限构成的可能。因此，思想可以依赖理性。灵魂呢，当然不能是无理性，但它超越着理性，而至感悟、祈祷和信心。思想说到底只是工具，它使我们"知"和"知不知"。灵魂则是归宿，它要求着爱和信任爱。思想与灵魂有其相似之处，比如无形的干涉。

　　但是，当自以为是的"知"终于走向"知不知"的谦恭与敬畏之时，思想则必服从乃至化入灵魂和灵魂所要求的祈祷。但也有一种可能，因为理性的狂妄，而背离了整体和对爱的信任，当死神降临之时，孤立的音符或段落必因陷入价值的虚无而惶惶不可终日。

二〇〇一年四月

病隙碎笔（之六）

一

一个人对一个人说（碰巧让我听见）："他们提倡爱，可他们挣的钱可不比谁少。""他们"不知是指谁，我听了心里却忽悠悠的一下子没了着落。我知道这问题我心里一直都有，只是敷衍着，回避着，就像小时候听见死，心里黑洞洞的不敢再想。我不能算是穷人，也没打算把财产都捐献出去，可我像"他们"一样，自以为心存爱愿。也许是要为自己辩护，也许不完全是，觉得这问题是得认真想想了。

这问题的完整表述是这样：对所有提倡爱并自信怀有爱愿的人来说，当世界上还有很多人比你贫穷，因而生活得比你远为艰难的时候，你的爱愿何以落实？或者说，当他人的贫困与你的相对富足并存之时，你的爱愿是否踏虚蹈空？甚至，你的提倡算不算是一种虚伪？

二

这确实是个严峻的问题，不容含糊的问题。但想来，这还会是一个令多数人陷于尴尬的问题。因为你很少可能不是一个相对富足的人，因为贫困之下还有更贫困，更贫困之下还有更更贫困；差别从未在人类历史上消灭过，而且很难想象它终于会消灭。还有一层，贫困的位置其实是谁都不喜欢的，一有机会，这位置很少有人愿意留给自己。这样，依照前述逻辑，还有几个人敢说自己心怀爱愿呢？还有多少爱愿敢说是脚踏实地呢？甚至，爱愿，还剩下多少脚踏实地的机会呢？然而爱愿是要宏扬与实践的，是要蔚然与恒久的呀。可要是依照前述逻辑，爱愿，或爱的信奉，就只少数人够资格享有它了，而且还是在一个随时希望放弃这资格的时间段里。

三

然而，这种注定是少而临时的资格，这种仅以贫富为甄别的爱愿，还是人类亘古期盼的那种爱愿吗？不错，人应当互爱互助，应当平等，为富不仁是要受到谴责的。但是，当受谴责的是"不仁"，而非"为富"呀。请稍微冷静些，想一想被溺爱惯坏的孩子吧——爱愿若仅意味着贫富的扯平，它不会成为游手好闲者的倚赖吗？它不会成为好吃懒做者的温床吗？甚至，它不会娇纵出觊觎他人劳动成果的贼目与偷手吗？

于是乎还有一件事也就明白了：在以阶级斗争为纲的年代，爱愿何以越来越稀疏，越狭隘，最后竟弄到荒唐滑稽的地步。比如曾经有过这样的事：公交车上上来一位老人，是否给他让座也要先问问他是贫农还是地主，是工人还是工贼。

四

为贫困者捐资,无疑是爱愿的一种实践,但这就能平定前述那严峻的一问吗?先看看捐资之后怎样了吧。捐资之后,捐资者与受捐者就一样富有了吗?大半不会。大半还会是捐资者比受捐者富有,还会是贫与富并存,贫富之间的差距也不见得就能缩小,因而前述局面并无改观——爱愿依然要面对那严峻的一问,而且依然是不容含糊。除非你捐到一贫如洗。可这样的人有吗?

且慢,这样的人历史中确凿是有几个的!有几位伟人,有几位圣贤,料必也会有几位不为人知的隐者。不过这又怎样呢?事实上他们也只能作为爱愿的引导和爱者的崇尚,不大可能推广。崇尚而不可能推广,这就怪了,这里头有事儿,当然不是咬牙跺脚写血书的事儿。

五

什么事儿呢?比如平均主义。贫富扯平不就是平均主义吗?可平均主义的后果料必一大半中国人都还记得:平均绝难平均到全面富裕,只可能平均到一致的贫穷——就像赛跑,不可能大家跑得一样快,但可以让大家跑得一样慢。但麻烦还不在这儿,麻烦的是,平均主义是要以牺牲自由为代价的。为什么?很简单:既不能平均到全面富裕,便只好把些不听话的削头去足都码码齐,即便是码成一致的贫穷也在所不惜。不听话的——真正的麻烦在这儿!平均必然要以强制为倚靠,强制会导致什么,历史已屡有证明。三十年前我在农村插队,村中就有几个脑筋"跑得快"的,只因想单干,就被推到台上去批斗。另几个不听话的,只为把自家的细粮卖了,换成更经吃的玉米和高粱,便被一绳捆去,以"投机倒把罪"坐了班房。

六

平均不是平等。平等是说人的权利,大家站在同一条起跑线上。平均单讲收获,各位请在终点上排齐。平等,应该为能力低弱或起步艰难的人提供优越条件,但不保证所有的人一齐撞线。平均却可能鼓励了贪懒之徒,反正最后大家都一样。平均其实是物质至上的,并不关涉精神;精神可怎么平均?比如自由和爱情,怎么平均?平均只可能是一个经济概念,均贫富。平等则指向人的一切权利。平等的信念必然呼唤法治,而平均的热情多半酝酿造反。这样的造反当然不会造出法治,只不过再次泄露"宝葫芦的秘密"——分田分地真忙。但这样忙过之后怎样了呢?我曾在陕北插队,那是个特殊的地方,解放得早,先后有过两次土改:第一次均贫富之后不久,又出现了新贫农和新富农,于是又来了一次。这有点儿像孩子玩牌,矫情,一瞧要输就推倒重来。这样的玩法不可再三,再三的结果是大家都变得懒惰、狡猾;突出的事例是,分到田的人先都把田里的树伐作自家的木材,以期重新发牌时不会吃亏。可后来发现这其实白搭,再洗牌时所有的地里都只剩着黄土了。

七

崇尚而不能推广,原因就这儿。平均,原也是多么美好的愿望啊,然而不好意思,人性确凿是有些丑陋。人生来就有差别,不可能都自觉自愿去平均;这是事实而非道理,道理出于事实而非相反。当然爱愿并不满足于事实,这是后话。

那么,强制平均怎样?可强制本身就不平均——谁来强制,谁被强制呢?或者,以强制来使人自觉自愿?这玩笑就开得大了,多半就要成全了强人篡取神位的图谋。倘人言即是神命,对也是对,错也是对,芸芸众生岂不凶多吉少?

人是不可替代神的,否则人性有恃无恐,其残缺与丑陋难免胡作非为。唯神是可以施行强制的——这天,这地,这世界,这并不完美的人性,以及这差别永在、困苦叠生的人之处境,都可理解为神的给定。上帝曾向约伯指明的,就是这个意思:你休想篡改这个给定,你必须接受它。就连耶稣,就连佛祖,也不能篡改它。不能篡改它,而是在它之中来行那宏博的爱愿。

八

必须接受人的罪性。人性并不那么清洁和善美。但幸而,人性中还埋藏着可以开掘的几分明智。这明智并不就是清洁和善美,但因其能够向往清洁和善美,能够看见人的残缺与丑陋,于是能够指望他建立起信仰,以及建立起一种叫做法律的东西,以此弥补人性的残缺,监视和管束人性的丑陋。

法律实出无奈,既是由于人的丑陋,当然也是出于人的爱愿。

贫穷的并不都是因为懒惰,富有的也未必全是靠着勤劳;相反,巧取豪夺也可致富,勤劳本分也有受了穷的。对此爱愿当然不可袖手一旁。但爱愿曾一时糊涂,相信了平均,结果不单事与愿违,反而引狼入室弄出了强制。

九

但法律不是强制吗?不过,此强制与彼强制有些不同。其一:法律是事先商定的规则,由不得谁见机行事,任意修改。比如足球,并非是由裁判说了算,而是由规则说了算,是为法治,故黑哨也逃不脱制裁;其二:法律是由大家商定的,不是由什么人来强制大家商定的,所以大家才自愿受其制约。又比如足球,一切规则都是为了保持足球的魅力,以赢得人们广泛的喜爱,倘只取决于权势的好恶,看台上寥寥然只坐着几门谁家的亲戚,那足球也就完了。

任何规则,都要有众人的理解与拥护才行,否则不过一纸空文。再比如足球,单是裁判和球员知其规则还不行,球迷要是不懂,这球也甭踢。比如说,自家一输球,看台上就起哄,再输,球迷就退场,那还不如甭踢,先就算你们赢了吧。不过,要是裁判有"猫儿腻"呢?当然,误判应当理解,偏袒也要忍耐而后申诉,但若有人以权压众,包庇、怂恿黑哨呢?甚至事先就已排定了比赛的结果呢?球迷们那就给它一大哄吧,然后退场——此乃义举,算得上护法行动。

十

　　法律不担保均贫富，正如规则不担保比赛结果。要是有谁担保了比赛结果，没问题你把他告上法庭。可要是有人担保了均贫富呢？人们却犹豫，甚至可能拥护他。就算发此誓愿者确无他图，可历史上有谁真正做到过均贫富吗？真正做到，同时又不损害人的自由，可能吗？就比如，有谁能让大家自由奔跑，又保证大家跑得一样快吗？有谁能把这山高谷深日烈风寒的行星改造得像太阳那般炙热吗？

　　骂一骂富人这很容易，甚至也不都是毫无理由，社会的不公既在，经常也就需要一些敏锐甚至挑剔的眼睛。不过另有一种可能：这愤怒其实比前述的尴尬还不如。尴尬是因为能够反躬自问，而比如说喊着"开'奔驰'的出去"的（听说最近上演着一出话剧，剧终时，剧中人便高亢地向观众这样喊），大约从未反观自己，否则他不难看出还有比他更贫穷的人，那么他出不出去呢？都出去了，只剩一个最穷的人，戏还怎么演呢？

十一

　　尴尬是一种可贵的能力。因为，反躬自问是一切爱愿和思想的初萌。要是你忽然发现你处在了尴尬的地位，这不值得惊慌，也最好不要逃避，莫如由着它日日夜夜惊扰你的良知，质问你的信仰，激活你的思想；进退维谷之日正可能是别有洞天之时，这差不多能算规律。

　　比如说，法律，正就是爱愿于尴尬之后的一项思想成果。而且肯定，法律的每一次完善，都是爱愿几经尴尬之后的别开生面。斥骂的畅快，往好里说是童言无忌，但若挺悠久的一种文化总么么孩子气，大半也不是好兆。比如说，那就为诘问备好了麻木，以愤怒代替了思考，尴尬倒是没了，可从此爱闹脾气。反躬自问越少，横眉冷对越多，爱愿消损，思想萎钝，规则一旦荒芜，比如说足球吧，怎么踢呢？很可能就会像一个自闭的儿童，抱了皮球，一脚一脚地朝着墙壁发狠，魔魔道道地自说自话。

十二

但是"朱门酒肉臭，路有冻死骨"，这事可怎么说？谁敢说这样的事已经没有？那么法律，对这样的结果也是听之任之吗？规则不是不担保结果吗？

但这不是结果呀，这正是法律或规则的起因。"朱门酒肉臭"先放一放再说，"路有冻死骨"则是在要求着法律的出面与完善。人有生的权利，有种种与生俱来的平等的权利，此乃天之赋予，即神命，是法律的根据。再比如足球，游戏规则是人订的，但游戏——游戏的欲望、游戏的限制、游戏的种种困阻和种种可能性，都是神定。这简直就是人生的比喻，人世的微缩，就像长河大漠就像地久天长就像宇宙无垠就像命运无常，都是神的给定，是神为使一种美丽的精神得以展开而设置的前提。这不是规则的结果，而是对规则的呼唤，是规则由之开始的地方。在这一切给定之后，神说：人生而平等（不是平均）。生，乃人之首要的平等权利。因而，倘有穷到活不下去的人，必是法律或规则出了问题，是完善它的时候，而非废弃它的理由。

十三

可要是这么说,是不是就有点儿可笑?法律既定,一有"冻死骨",你就说这不是结果,这是法律的开始之地,是法律需要完善的时候,那法律还有什么权威?它岂不又是任人打扮的小姑娘了?非也,这不是任人打扮,这是神命难违。法律也不是绝对权威,绝对的权威是神命:人有生的权利!倘这儿出了差错,错的一定是人,唯去检点和完善人订的规则,切不可怀疑那绝对的命令。

可要是一个游手好闲之徒穷得活不下去了呢?也得白白送给他衣食住所吗?是的,也得!穷,但不能让他穷到活不下去,这正是担保平等但不担保平均,担保权利但不担保结果呀。情愿如此潦倒而生的人,也是背弃了神约,背弃了爱愿(他只顾自己),但神不背弃任何人,爱愿依然照顾着他,随时为他备下一个平等的起点。

十四

幸而情愿这样潦倒而生的人并不多。更多的人,更多的时候,是听得见神的要求的。爱愿,不能是等待神迹的宠溺,要紧的一条是对神命的爱戴,以人的尊严,以人的勤劳和勇气,以其向善向美的追求,供奉神约,沐浴神恩。

从报纸上读到一篇文章,说是这世界上的某地,其监狱有如宾馆,狱中的食物稍不新鲜囚犯们也要抗议,文章作者(以及我这读者)于是不解:那么惩罚何以体现?我们被告知:此地的人都是看重自由的,剥夺自由已是最严厉的惩罚。又被告知:不可虐待囚徒,否则会使他们仇视社会。这事令我感动良久。这样的事出于何国何地无需计较,它必是出于严明的法律,而那法律之上,必是神命的照耀。唯对热爱自由、看重尊严的人,惩罚才能有效,就像唯心存爱愿者才可能真有忏悔;否则,或者惩罚无效,或者就复制着仇恨。没有规矩何出方圆?没有神领又何出规矩呢?爱愿必博大而威赫地居于规则之上。

十五

法律或规则既为人订,就别指望它一定没有问题。无法无天的地方已经很少,但穷到活不下去的却大有人在。比如有病没钱治的。比如老了没人养的。比如,设若资本至尊无敌,那连本钱都凑不足的人可怎么起步?比如我,一定要跟刘易斯站在一条起跑线上,不等着做"冻死骨"才怪。所以有了残奥会。残奥会什么意思?那是说:爱愿高于规则,神命高于人订。换言之:规则是要跟随爱愿的,人订是要仰仗神命的。但残奥会也要有规则,其规则仍不担保结果,这再次表明:神命并不宠爱平均,只关爱平等。残奥会的圣火并不由次神点燃,故其一样是始于平等,终于平等。电视上有个定期的智力比赛,这节目曾为残疾人开过一期专场,参赛者有肢残人,有聋哑人,有盲人,并无弱智者,可这一期的赛题不仅明显的容易,而且有更多的求助于他人的机会,结果是全部参赛者都得了满分。我的感受是:次神出面了。次神是人扮的,向爱之心虽在,却又糊涂到家,把平等听成了平均。

十六

很久了,我就想说说尿毒症病人"透析"的事。三年前我双肾失灵,不得不以血液透析维持生命,但透析的费用之高是很少有人能自力承担的,幸而我得到了多方支援,否则不堪设想。否则会怎样?一是慢慢憋死(有点儿钱),二是快快憋死(没钱)。但憋死的过程是一样的残酷——身体渐渐地肿胀,呼吸渐渐地艰难,意识怪模怪样地仿佛在别处,四周的一切都仿佛浸泡在毒液里渐渐地僵冷。但这并不是最坏的感觉,最坏的感觉是:你的亲人在一旁眼睁睁地看着你,看着这样的过程,束手无策。但这仍不见得是最坏的感觉,最坏的感觉是:人类已经发明了一种有效的疗法,只要有钱,你就能健康如初,你就能是一个欢跳的儿子,一个漂亮的女儿,一个能干的丈夫或是一个温存的妻子,一个可靠的父亲或是一个慈祥的母亲,但现在你没钱,你就只好撕碎了亲人的心,在几个月的时间里一分一秒地撕,用你日趋衰弱的呼吸撕,用你忍不住的呻吟和盼望活下去的目光撕,最后,再用别人已经康复的事实给他们永久的折磨。谁经得住这样的折磨?是母亲还是父亲?是儿子还是女儿?是亲情还是那宏博的爱愿?

十七

我有过这样的经历,幸而经历到一半时得到了救援。因而我知道剩下的一半是什么。我活过来了,但是有不得不去走那另一半的人呀。我闭上眼睛不去看他们,但你没法也闭上心哪。我见过一个借钱给儿子透析的母亲，她站在透析室门外，空望着对面的墙壁，大夫跟她说什么她好像都已经听不懂了。我听说过一对曾经有点儿钱的父母，一天一天卖尽了家产，还是不能救活他们未满成年的孩子。看见和听见，这多么简单，但那后面，是怎样由希望和焦虑终于积累成的绝望啊！

我听有位护士说过："看着那些没钱透析的人，觉得真还不如压根儿就没发明这透析呢，干脆要死都死，反正人早晚都得死。"这话不让我害怕，反让我感动。是呀，你走进透析室你才发现（我不是说其他时候就不能发现）最可怕的是什么：人类走到今天，怎么连生的平等权利都有了疑问呢？有钱和没钱，怎么竟成了生与死的界线？这是怎么了？人类出了什么事？

如果你再走进另一些病房，走到植物人床前，走到身患绝症者的床前，你就更觉荒诞：这些我们的亲人，这些曾经潇洒漂亮的人，这些曾经都是多么看重尊严的人，如今浑身插满了各种管子，吃喝拉撒全靠它们，呼吸和心跳也全靠它们，他们或终日痛苦地呻吟，或一无知觉地躺着，或心里祈盼着结束，或任凭病魔的摆布。首先，这能算是人道吗？其次，当社会为此而投入无数资财的同时，却有另一些人得了并不难治的病，却因为付不起医疗费就耽误了。这又是怎么了？人类到底出了什么事？

十八

出了什么事？比如说，高科技在飞速发展，随之，要想使一个身患绝症的人仅仅保持住呼吸和心跳，将越来越不是一件难事了，但它的代价是越来越多的资金投入。一方面，新的医疗手段和设备肯定是昂贵的，其发展的无止境意味着资金投入的无止境。另一方面，人最终都要面对死亡，如果人的生存权利平等，如果仅仅保持住心跳和呼吸也算生存，那么这种高科技、高资金的投入就更是无止境。两个无止境加起来，就会出现这样一种局面：有限的社会财富，将越来越多地用于延长身患绝症者的痛苦，而对其他患者的治疗投入就难免捉襟见肘了。

绝没有反对科学发展的意思。但是，随着高科技的发展，医学必然或者已经提出一些哲学问题了。医学已不再只是一门救死扶伤的技术，而是也要像文学和哲学那样问一下生命的意义了，问一下什么是生？什么是死？生的意义如何？以及，"安乐死"是否正当？

十九

在不久前的《实话实说》节目中，听到一位法律专家陈述他反对"安乐死"的理由，他说得零乱，总结下来大致是两点。其一："安乐死"从实行（即立法和执法）的角度看，困难很多，因此他认为是不应该的。这可真叫逻辑混乱。一事之应不应该实行，并不取决于其实行是否有困难，而是要取决于其实行是否正当。倘不正当，实行已失前提，还谈什么困不困难？倘其正当，那正是要克服困难的理由（以及正是表明法律专家并不白吃饭的时候），否则倒是默允或纵容了不正当。这样看，无论"安乐死"应不应该实行，都与困难无关，那专家说了半天等于什么都没说。

当然，应不应该，并不等于能不能够。见报纸上有文章说，从中国目前的条件看，"安乐死"还不能够很快实行。这我同意。但这又不等于说，我们不应该从现在就开始探讨它的正当性和可行性。

二十

　　我住过很多回医院,见过很多身患绝症的人,见过他们对平安归去的祈盼,见过因这祈盼不得回应而给他们带来的折磨,生理的和精神的折磨,分分秒秒不得间歇。我真是想不通这到底是为了什么?似乎只是为了一种貌似人道的习俗。这样的时候,你既看不到人的尊严,也看不到人的爱愿,当然也就看不出任何一点人道;那好像只是一次刑罚——一个堂堂正正的人,被病魔百般戏弄,失尽了尊严和自由,而另一些他的同类呢,要么冷漠地视而不见,要么爱莫能助,唯暗自祈祷着自己的归程万勿这般残忍。这简直是对所有人的一次侮辱,其辱不在死,人人都是要死的;其辱在于,历来自尊的人类在死亡面前竟是如此地慌张和无所作为。刑罚所以比死更可怕,就在于人眼睁睁地丧失了把握命运的能力。我想,创造刑罚的人一定是深谙这一点的。可我们为什么要让那必来的"归去"成为刑罚呢?为什么不能让它成为人生之旅的光明磊落的结束,坦然而且心怀敬意地送走我们所爱的人呢?

　　当有人(以及每一个人都可能)受此酷刑的折磨与侮辱之时,法律和法律之上的爱愿,只摆出几项改变它必然要遇到的困难,就可以溜之大吉并且心安理得了吗?

二十一

　　那位法律专家反对"安乐死"的另一个理由是:"人没有死的权利。"但是为什么呢?他未提供有力的说明。他除了说得有些蛮横,还说得有些含糊:"死是自然而然的事。"但自然而然的事就一定正当吗?真若这样,要你法律专家干吗?不过,这一回的问题好像真的不太简单。

人没有死的权利——第一,这话可以翻译成:个人没有死的权利。比如文革中,一个终于受不住摧残与屈辱的人,要是自杀了,必落一个"自绝于人民自绝于党"的罪名;凭此罪名,你生前的一切就都被否定,你的亲朋好友就都可能受到株连。这是什么意思?这是说:你必须老老实实忍受屈辱,无权反抗,连以死抗争的权利都没有。当然,你已经自杀了说明你可以自杀,任何罪名对你都已毫无作用,但其实,那罪名是说给生者听的,是对一切生者的威吓,那是要取消所有人抗议邪恶势力的最后权利。还说"人没有死的权利"吗?一个人若连以死抗争的权利都被剥夺,可想而知,他还会有怎样的生的权利。

二十二

人没有死的权利——第二,此言也可作如下想:生的权利既为天赋,人便无权取消它;死既为天命之必然,故只可顺其自然。话说到这儿,真像似有些道理了。

但是未必。且不论生死之界定尚属悬案,只说:真这样顺其自然,医学又是干什么用的?医学,不是在抗拒死亡吗?倘若顺其自然,那么不仅医学,一切学、一切人的作为就都要取消。那样的话可真是顺其自然了——人将跑成一群漫山遍野地寻食、交配、繁衍,然后听天由命的物类了。理想也无,爱愿也无,前途嘛,不过是地平线以内四季的安排。有人说了:这样不好吗?可更多的人说:这样不好!说好的人就这样去好吧。说不好的人就有麻烦:为什么不好?以及怎样才好?

二十三

人热爱自然,但料必没人会说人等同于自然。人既是自然的一部分,又是从自然中升华出来的异质,是异于自然的情感,异于物质的精神,异于其他物种的魂游梦寻,是上帝之另一种美丽的创造。上帝是要"乘物以游心"吧?他在创造了天地万物之后又做了一点手脚(比如抽取了亚当的一条肋骨,比如给了女娲一团泥巴),为的是看看那冷漠的天地间能否开放出一种热情,看看那热情能否张扬得精彩纷呈,再看看那精彩纷呈能否终于皈依他的爱愿。人热爱自然正如人珍重自己的身体,人不能等同于自然正如人要记住上帝的期待,否则自然无思无欲无梦无语,有了大熊猫等等也就足够,人来干吗?

依我浅见——绝非谦虚,我甚至有点儿不敢说但还是说吧:中国文化的兴趣,更多地是对自然之妙构的思问,比如人体是如何包含了天地之全息,比如生死是如何地像四季一样轮回,比如对天地厚德、人性本善的强调。这类思问玄妙高深精彩绝伦,竟令几千年后的现代物理学大为赞叹!所以中国人特别地喜欢顺其自然,淡泊无为,视自然为心性的依归。但那异于自然的情感呢,就比较地抑制;异于自然的精神呢,就比较地枯疏。所以中国人的养身之道特别发达,对生命意义的追问就不大顽固。

二十四

反对"安乐死",看身患绝症者饱受折磨与屈辱而听之任之,大约都是因为不大过问生命的意义。人不是苟活苟死的物类,不是以过程的漫长为自豪,而是以过程的精彩、尊贵和独具爱愿为骄傲的。医学其实终不能抗拒死亡,人到底是要死的这谁都明白,那么医学(以及种种学)到底是干什么用的呢?其实,医学说到底仍只是一份爱愿,是上帝倡导爱愿的一项措施,是由之而对人间爱愿的一次期待。当有人身患绝症,生命唯饱受折磨而无任何意义之时,其他人却以顺其自然为由而袖手一旁,人间爱愿岂非自寻其辱?上帝的期待岂不就要落空?

"安乐死"还是不应该吗?还是要"自然而然"地任那绝症对人暴施折磨和侮辱吗?难道还有谁看不出"安乐死"并不是要取消人之生的权利,而是要解除那残酷的刑罚,是在那疑难的一刻仍要信奉神命、行其爱愿吗?神命难违,神不单给了人生的权利,还给了人自由的权利和追求幸福的权利。

二十五

神命不可违。可我心里一直都有个疑问:神是谁?神在哪儿?其实,哪一份神命不由人传?哪一种神性不由人来认信?哪一位先知或布道者不是人呢?如此,神还有什么超凡独具?还有什么绝对权威?谁不能造一个乃至若干个神出来,然后挟神以令众生?神岂不又是任人打扮了吗?

除非神亲临作证。除非神迹昭然——比如刹那间使饥饿的流民获得食品，转眼间使病残者康复如初。除非神于此刻亲宣其命，众目皆见，众耳皆闻。但是第一，真正见过神迹的人很少，通常都是人传，你可以信也可以不信。第二，因上述神迹而皈依信仰者，信的未必是神命，多半是看重了神的馈赠，这就难免又发展成对实利的膜拜，和对爱愿的淡忘。

那么，可有并非人传，而是众目皆见众耳皆闻的神迹吗？有啊，有啊！我们头上脚下的这个气象万千的星球不是吗？约伯终于对之说"是"的一切，不是吗？为什么把一根木棍变成蛇算得神迹，沧海桑田、日走星移倒不算？为什么点石成泉算得神迹，时时处处的"山重水复"和"柳暗花明"倒不算？为什么天地之种种慷慨的馈赠算，而世间之种种严酷的困阻就不算？

二十六

神命不可违，神命就得是一种绝对的价值要求，只可被人领悟，不能由人设定。故，那样的价值要求必得是始于（而非终于）天赋的事实（比如说"第一推动"），是人智不能篡改而非不许篡改的。不许，仍是人智所为；不能，才为人力不逮。那是什么呢？那正是神迹呀！这天之深远，地之辽阔，万物之生生不息，人之寻求不止的欲望和人之终于有限的智力，从中人看见了困境的永恒，听见了神命的绝对，领悟了：唯宏博的爱愿是人可以期求的拯救。

为什么单单是爱愿呢？恨不可以吗？以及独享福乐，不可以吗？恨与享乐，不过是顺从着人之并不清洁善美的本性，那是任何物种都有的自然倾向，因而那仍不过是顺其自然，并未看见人智之有限，并未听懂那天深地远之中的无声天启。那样的话，仍是只要有着大熊猫等等就够了，这冷漠的世界仍难升华出美丽的精神。所以，终于（而非出于）自然的拯救算不上拯救；断灭一切欲望以达无苦无忧的极乐之地，那是人的臆想。既非天赋事实，又非天启智慧，那才是出于人之妄念，终于人之无明吧。

二十七

我想，哪种文化也不是"第一推动"，哪种宗教也都不是"绝对的开端"，它们都是后果，或闻天启而从神命，或视人性本善为其圭臬。"第一推动"或"绝对的开端"，只能是你与生俱来的、躲不开也逃不脱的面对。唯在此后（无论是对于个人，还是对于人类）才有了生命的艰难，精神的迷惘，才有了文化和信仰，理性和启示，或也才有了妄念与无明。倘不是从这根本的处境出发，只从寺庙或教堂开始，料必听到的只是人传。

这又让我想到了文学，想到了"写作的零度"。只从经济、政治出发则类似数典忘祖，只从某种传统出发则近乎原地踏步，文学的初衷原是在那永不息止的"推动"与"开端"中找到心魂的位置。所以，文学料必在文学之外，论文料必在论文之外，神命料必在理性之外，人的跟随料必在现实之外。

二十八

比如说"己所不欲，勿施于人"，此语虽是人言，却既暗示了人不能篡改的天赋事实，又暗示了人要超越其自然本性的方向。己所不欲，意味着人之有欲，且欲之无限——这是天赋事实。人欲无限，则可能损及别人（他者），而为别人（他者）所不欲——这也是天赋事实。人在人群，每个人就都是自己也都是他人，人类是万灵万物之网的一脉，个人又是人类整体之一局部——这是人之独闻的天启，人于是恍然而悟：原来如此，唯整体的音乐可使单独的音符连接出意义，唯宏博的爱愿是人性升华的路径。所以爱愿不是人的自然本性，而是人超越大熊猫等等而独具的智慧，是见自然绝地而有的精神追寻，是闻神命而有的觉醒。

二十九

神，当然不是理性推导出来的，但却是理性看到了理性的无能才听见的启示。我不大相信理性走入绝地之前的神，那样的神多半是信徒期求优待——今生不可那就来世——所推举的偶像；优待哪有个完呢？弄来弄去便与贪官纵容自己的亲朋同流，结果是爱愿枯萎，人间唯多出几个乱收费的假庙。

理性走入绝地，有限的人智看见了无限的困阻，人才会变得谦恭，条条计策终见迷茫，人才在服从与祈祷中听见神命。但我还是不大相信这时就可以弃绝理性，因为那绝地之上等着人的除了倡导爱愿的神还有别样的神，比如还有道破人生苦短、号召及时行乐的神。价值相对主义可能会说：诸神平等，怎么都行。但怎么都行不等于怎么都好，保护大熊猫不等于人也要做大熊猫。或有人说：大熊猫怎么了？人还不如大熊猫呢！那人也不如耗子吗？就算也不如，那圣雄甘地如不如希特勒呢？还是不如？那好，大家提防着你就是。所以还得提防着价值相对主义。

人居各地，习俗不一，人在人群，孤独无二，魂拘人身，根本的困境与救路都是一样的。受贿的神受不同的贿，指引爱愿的神却并不因时因地而有改变。

三十

物质至上，并非一国一地之歧途，而是全人类的迷失。你看一切政府的共同目标是什么？你看全球各地的斗志昂扬都基于什么？无不是国民生产总值的增长，以及消费指数的增长；增长增长再增长，似乎人类的前途、生命的意义全系于物质占有和消费水平的可持续增长。这样的竞赛之下，谁还顾得上地球？谁还顾得上生态？相互的警告与斥责，不过是五十步恨百步，或百步对五十步的先期防范，讨价还价中哪还有什么爱愿和理性？完全像贪婪的子孙在争夺父母（地球）的遗产。本来嘛，做买卖的谁不想赚？非要让先赚的让着后赚的，一百步等着五十步，实在也是不通事理。可是话说回来，五十步恨百步也未必是恨其掠夺地球，也未必是恨那消费模式腐蚀着人类灵魂，更可能是恨着自己的手慢，好东西先都让别人拿了去。如此这般地增长了再增长，赚了又赚，五十望一百，一百望一千一万，结果无非是地球日益枯萎，人间恨怨飚升。而这未必只是政治、经济问题（把这仅仅看作政治、经济问题，我疑心那还是中着物欲的魔法，还是像五十望一百而不成时的心理不平衡），多半是信仰出了毛病。是如林语堂所说：近二千年来人已经听不懂了神的声音。岂止听不懂，是干脆不要听。是如陈嘉映所说："生活真容易变得有趣，所以没有人思考。"诗意地栖居吗？就怕诗人早也认同了饭局中的操作与推销。

三十一

有位一向自诩关怀生命意义的老友,忽一日自信看透了人生,说:"咳,什么意义不意义、道德不道德的,你说是不是?"不小心我说了"不是"。场面于是有些沉闷,大家对坐无言,然后避开这话题胡乱说些别的。但我知道他心里在说什么——"虚伪!"我也知道这一句谴责后面的理由——"老实说,你不看重名利?"我还知道支持这理由的所谓看透——"什么信仰呀爱愿呀,这个呀那个呀,说说罢了,人生实实在在,不过死前的一次性消费,唱高调的不是傻瓜就是装蒜。"

虚伪,这两个字厉害,把它射向诚实,效果多佳。比如黄色小说的自卫反击:"各位的做爱难道不是这样?为何不从实招来?"想想也是,诚实于是犹豫。黄色见状,嘴上或心里必是脆脆的一声:"虚伪!"诚实容易被这一声断喝吓糊涂,其实呢,黄色只见了性爱之形同,而难识心魂之异彩——本来嘛,爱情之要,原是黄色的盲区。不过"虚伪"二字真是厉害,它所以百发百中,皆因人非圣贤,谁心里没有一些阴暗和隐藏?但这些可能是污浊的品质,恰是人应当忏悔和道德不可或缺的缘由,怎能借坦荡与实在之名视其为正当?这差不多是个悖论:你说他虚伪,是因其知污浊而隐藏,你说那隐藏的并不污浊,甚至美妙到可供炫耀,那虚伪岂不要换成谦逊了?

上述的虚伪固然不是美德,但毕竟留了一份美好的畏惧在头上,而上述的坦荡和实在,则无所畏惧到彻底不识了好歹。好与歹,岂可由实在引出?好与歹根本是心魂的询问。难怪价值相对主义说怎么都好,它是执实在而不思不悟,助人欲以坦然胡行。有了美好的畏惧在,虚伪则可望迷途知返,人便有了忏悔的可能。我有时设想,最不可救药的虚伪什么样儿?比如说,有一天忏悔也不是因为看见了自己的污浊,而是追随着时髦,受洗也不是为了信守神约,而是看它为一枚高雅的徽标,信仰呀爱愿呀都跟把黑发染黄一样成了美容店的业务,那才真叫麻烦。

三十二

但爱愿都是什么呢?如何才算是爱愿呢?爱愿既然高于规则,它就不能再是规则。爱愿既然是天启,它就不能又是人说。比如,爱愿之紧要的一条是爱他人,这分寸如何把握?就算"己所不欲,勿施于人"是一种可能的把握,但它也只说出了问题的一面,另一面——己之所欲,怎样呢?务施于人吗?你欲丰衣足食,务使别人也丰衣足食,你欲安居乐业,务使别人也安居乐业,这当然好。但是,你欲欺世盗名,也务使别人偷梁换柱吗?你欲做伪证,也务使别人知法犯法吗?显见是不行,那是教人作恶呀。那么,你欲捐资扶贫,你欲安贫乐道,你欲杀身成仁,这总不是恶了吧?那么,别人也都得这样吗?你说不必。你甚至说,强迫捐资岂非掠夺?强使乐道,道将非道;强逼成仁,仁安在哉?如此说来,自扫门前雪吧,不如少管别人的事。人欲乘凉,我独种树,人欲出人头地,我看平常是真,相安莫扰各行其是,岂不天下都乐?可是有个别人叫希特勒,他要打仗,还有几个别人叫"四人帮",他们要焚书坑儒,怎么办?你可能会说:这已经跑题了——倘其自己跟自己打,自己烧自己的书,请便,但你把仗打到别人头上,那就违背了"己所不欲,勿施于人"的圣训,故此一条圣训已经把话说全。就算是这样吧,那么"勿施于人"要不要务施于人呢？要，是"勿施"之否定；不要，是否定了"勿施"。你说：还是独善其身的好。但这是绕圈子，希特勒打来了，"四人帮"烧来了！你说：那正是因为是他们违背了圣训呀？倘人人尊此训而独善，岂不众生皆善，哪还会有这些乱七八糟的事？但他们要是压根儿就不信你那圣训呢？好了，不管你是指责他们的违背，还是遗憾于他们的不信，都说明这圣训压根儿就有务施于人的倾向。

三十三

怎么回事？哪儿出了毛病？"务施"者，难免为他人所不欲，故当"勿施"；"勿施"者，又难免误失了圣训，故又当"务施"。那么，"勿施"与"务施"的分寸谁来把握？鱼和熊掌可否兼得？水与火，怎样和谐共处，相得益彰？

但这是能由人说的吗？人一说就是"务施"，就是"勿施"，或就是"误失"，就又要掉进那个逻辑陷阱。

这事必由神说。人，必要从那不可更改的天赋事实（第一推动，或绝对开端）之中，从寂静之中，大音无声之中，谛听天启。

可是先生，你这就不是绕圈子吗？你说你听见了此般天启，我还说我听见了彼般天启呢！这像不像把猴子扮成人，等他说人话？像不像把人扮成神，由他行天道？

三十四

这怎么办？

这怎么办？

这怎么办？

要把这一节写满：这怎么办？

或要用一生来问：这怎么办？

人将听见，那无穷之在莫不是：这怎么办，和这怎么办？

三十五

在逻辑的盲区，或人智的绝地，勿期圆满。但你的问，是你的路。你的问，是有限铺向无限的路，是神之无限对人之有限的召唤，是人之有限对神之无限的皈依。尼采有诗："自从我放弃了寻找，我就学会了找到。"我的意见是：自从我学会了寻找，我就已经找到。

叹息找不到而放弃寻找的，必都是想得到时空中的一处福地，但终于能够满足的是大熊猫和竹子，永远不能不满足的是人和人的精神；精神之路恰是在寻找之中呀。寻找着就是找到着，放弃了，就是没找到。就比如，活着就是耗损，就是麻烦，彻底的节约和省事你说是什么？但死也未必救得了这麻烦。宇宙本是一团无穷动啊，你逃得了和尚逃得了庙？天行健，生命的消息不息不止，那不是无穷动吗？人在此动之中，人即此动之一环，你省得了什么事？于人而言，无穷动岂不就是无穷地寻找？

问吧，勿以为问是虚幻，是虚误。人是以语言的探问为生长，以语言的构筑为存在的。从这样不息的询问之中才能听见神说，从这样代代流传的言说之中，才能时时提醒着人回首生命的初始之地，回望那天赋事实（第一推动或绝对开端）所给定的人智绝地。或者说，回到写作的零度。神说既是从那儿发出，必只能从那儿听到。

康复本义断想

让不能行动的人重新可以行动，使不能工作的人重新能够工作，为丧失谋生能力的人提供生存保障，这无疑是非常重要的。但是，若仅此而已便只能算作修理和饲养，不能算作康复。（就像把一辆破汽车、一台坏机床修理好，就像在笼中养肥一只鸟儿。）康复的意思是指：使那些不幸残疾了的人失而复得做人的全部权利、价值、意义和欢乐，不单是为了他们能够生存能够生产。

人来到这个世界上，不是为了完成一连串的生物过程，而是为了追寻一系列的精神实现；不是为了当一部好机器，而是为了创造幸福也享有幸福，倘有人说他不渴望幸福，方便的话我们可以给他一点教训，为了他竟敢说谎竟敢亵渎全人类的方向。（至于对幸福的不同理解，至于在通往幸福的路上必然散布着痛苦，那是另外的问题。）

正因为行动、工作和生存保障，可能提供给我们创造幸福并享有幸福的机会，它才是重要的，才可算作康复的步骤之一。但是，是不是一个能够行动、工作和生存的人，就一定能够如醉如痴地成为一个幸福的创造者和享有者呢？要回答这个问题，只需记起一件事就够了：一个身体健全且衣食住行都不愁的人，也可能自杀。

我曾在另一篇文章中谈到过自杀，我以为那是人类的一种光荣品质，是人与其他动物的一个分界。只有人会自杀，因为只有人才不满足于单纯的生物性和机器性，只有人才把怎样活着看得比活着本身更要紧，只有人在顽固地追问并要求着生存的意义，因而只有人创造出了灿烂的文明和壮丽的生活，于是人幸运地没有沦落到去街头随了锣声钻火圈。我不知道这值不值得人类骄傲，但我相信我们要以一个人的资格活下去就必得保持这种骄傲，所以我们的康复工作万万不能轻视了这种骄傲。

如果我们终于承认了残疾人也是人，如果我们终于相信了人不是为活着而活着的动物，也不是为了生产而配置的机器——如果这样的前提已经确立，而我们要是还说："残疾人的就业问题尚且没有完全解决，哪还顾得上其他（譬如说残疾人的爱情问题）呢？"那么，要想证明我们的思维能力还是健全的，就只好把上述前提光明磊落地推翻。

上述前提当然不容推翻。应该推翻的，是对康复工作的某些简陋的理解，是无意之中仍然轻蔑了残疾人的人权的某些逻辑。譬如说，没有爱情的生活对于健全人来说是不人道的，那么同样的生活对于残疾人来说就应该是可以将就的吗？平等二字忽然到哪儿去了？

也许我们应该先来认真想想什么是人道主义了，虽然这四个字现在已经不太陌生。我们对它习惯的理解大约来源于这样一句话："救死扶伤，实行革命的人道主义。"但是我们现在更想知道的是：我们从濒死中活了过来，我们的伤病已然治愈或已然固定为一种残疾，在这之后，人道主义对我们还有什么见教或效用？如果再没有了，便难免会得出一个骇人听闻的结论：没病没伤已衣食饱暖的活人，是无需人道主义的。也许现在倒是轮到我们来拯救人道主义了：人道主义不仅应该关怀人的肉体，最主要的是得关怀人的灵魂。把一个要死的人救活，把一个人的伤病治好，却听凭它的灵魂被捆绑被冷冻被晾干，这能算是人道吗？一面称赞着他们的身残志不残，一面漠视着他们爱的权利，这能算是人道吗？当一切健全人都赞美着爱的神圣，讴歌"生命诚可贵，爱情价更高"之时，我们却偏偏对残疾人说："你们的就业等等问题尚且艰难，怎么有时间来考虑你们的爱情问题呢？"这应该算是人道还是应该算作歧视？

有一种观点认为：人不能活着又怎么去爱呢？所以他们主张爱情问题当然要放在就业等等问题之后。但是还有一种观点认为：人不能去爱又怎么能活呢？看来，这绝不是先有鸡还是先有蛋式的争议，这乃是对于生命意义的不同理解。限于篇幅先不去论谁是谁非，然而我们有理由相信，一个懂得爱并且可以爱的人，自会不屈不挠地活着并且满怀激情地创造更美的生活；一个懂得爱却不能去爱的人，多半是活不下去的；而一个既不懂得爱也得不到爱的人，即便可以活下去，但是活得像个什么却不一定。

人道主义指引下的康复事业，是要使残疾人活成人而不是活成其他，是要使他们热爱生命迷恋生活，而不是在盼死的心境下去苦熬岁月。所以我以为爱情问题至少是与就业问题同等重要的。生与爱原本是一码事。如果偏要问先迈左腿还是先迈右腿的话，回答是：没了这条腿你休想迈动那条腿——你残疾了你就知道了。况且渴望前行的不是腿，而是人，人之不存，腿之焉附？

我有时候担心：我们费力救活的人，会不会是（或者将会不会是）一个不愿活下去的人？我们隆而重之送去的轮椅，会不会倒为一个孤苦难耐的人提供了寻死的方便？如果爱情对于残疾人来说总是可望不可及的，总是望而生羡生畏生惭生叹的事，如果他们总是被告知：爱情不是你们生活之必需，而是可有可无的奢侈品——那么上述担心绝不是多余的。

自杀并不一定就是软弱，常常倒是一种坚定的抗议，是鲜活可爱的心向生命要求意义的无可奈何的惨烈方式。要是我们说"不自由毋宁死"，大概谁都会赞同，但是不能爱者恰似奴隶的身份。要是我们说："人活着不能没有理想"，大概没有谁会反对，可是爱情正是理想之一种，甚或是一切美好理想之动因。没有人无缘无故地想死，一个为得不到爱情权利而死的人，至少不比无缘无故地活着更值得嘲笑。照理说上帝是公正的，他应该在给每一个人生命的同时也给每一个人爱情的权利，要是上帝也有错误也有疏忽，让我们原谅他并以康复工作来帮他纠正和弥补吧。

所幸，使一个人愿意活着比使一个人活着，重要得多，也有效得多。（正像有人说过的那样：是不断地给一个人输血呢？还是设法恢复他自身的造血功能？）美好的爱情可以使人愿意活、渴望活，并焕发出千百倍创造生活的力量。还能说这是不如就业重要的事么？

生命的意义当然不只是爱情，但爱情无疑是生命的最美好的意义之一。倘此言不错的话，现在该说说具体事了：为了一切残疾人都可能享有美好的爱情，康复工作应该给他们什么帮助？也许有人会提醒我们注意："健全人也未必都能享有美好的爱情。"但我想这是另外一个问题，我们必须要求一切人都有机会站到起跑线上来。大概又会有人说了："这太容易了，没人不让残疾人站到爱情的起跑线上来。"这让我想起一位康复工作者的话,他说:"让残疾人与健全人站到同一条起跑线上,这本身就不平等。为了平等,残疾人必须要得到一些特殊的帮助。"这话对极了。

譬如说,为性功能有缺憾的残疾人,提供性科学咨询和性工具,这事使得使不得?

爱情不等于性、性也不等于爱情,但是世所公认,美好的爱情必须要有美满的性生活,而美满的性生活,当然必得是出于爱情。至少,在我们梦寐以求着美好爱情的时候,我们得有机会商量商量这个不可低估的性问题。

一对真诚相爱的男女,如果因为性方面的缺憾而难成眷属或终至离异,实在是太大的悲剧。其悲尤其在于,我们不见得没有办法使其得到弥补,只因为我们一直没来得及想想办法,或者因为我们稀里糊涂地有着一张薄脸皮。幸亏多少人多少代的痛苦终于在今天化作清醒,确认此事与脸皮无关,悲剧多半还是出于毫无道理的旧观念,还是因为对人道主义的理解太浮浅。

性生活是美好的还是丑恶的?是丑恶的,为什么大家都不放弃?是美好的,为什么一谈及便把一些人羞杀、把另一些人气死?为什么残疾人的婚姻问题已受到一定程度的重视,而性康复工作却羞羞答答地迟迟不能开展?(出了一些有关书籍,也总是吞吞吐吐像在撒谎,躲躲闪闪像在造着一个谣言。)莫非残疾人结婚单是为了找一个帮工的和壮胆的,并无获得婚姻的全面幸福的必要?为什么可以为肢残者提供拐杖和轮椅,却不能为性功能缺憾者提供性工具、性咨询,以及其他有助于性生活美满的方法?

如果认为这些事是淫秽的、是低级的、是流氓的，那可真是天大的误会。淫秽和低级不是因为涉及了性器官，而是因为这种涉及既非为着科学也不是出于爱情。流氓的特征也不在于发生了性行为，而在于他们以强迫和欺骗侮辱了别人并且也亵渎了性。倘一谈及性便想到淫秽和流氓，我们的出处可真惨到头了。流氓不是性知识造成的，倒常常是因为缺乏性知识，缺乏对爱与性的理解，缺乏人道主义精神，甚至可能因为他们自己就生活在不够人道的境遇中。（譬如得不到异性的爱，以至于过度的性饥渴使他们忽然不能自制。）

总之，在爱情的引导下，无论多么丰富多彩的性行为都是正当的、美妙的、高尚的。为挚爱的夫妻提供任何利于性生活美满的指导和器具，都应该是必要的、人道的和理直气壮的。

有性功能缺憾的残疾人，仍然有性要求和享受性欢乐的能力，这已为医学专家们所证明。如果性咨询和性器具有利于他们弥补缺憾，从而使其爱情更全面地实现，我们不赶紧做起来还等什么？

在我们作着上述呼吁的同时，我们当然应该懂得，性生活的美满主要不是技术问题，而差不多是个艺术问题，就是说，那不能单是肉体的接洽，必须是精神的结合，是心灵的贴近与奉献。没有真诚的爱，温暖的肉体也可变成冰冷的机器。而在倾心的爱慕之下，满怀的激情便会驱动起美妙的想象力，使残损的肉体也变得丰盈，使人造的器具也有了生命，一个平素拘谨的人也可能忽然有了艺术灵感，创造出无穷的令人销魂的形式。那时，就连上帝也要惭愧，也要感谢我们原谅了他的过错和弥补了他的疏忽。

最后我想我们还应该冷静。在我们热烈追求爱情的幸福之时，在我们绝不放弃我们应有的权利之时，残疾的朋友们，我们还得冷静。如果我们的残疾导致我们爱情的破裂（这是可能的，不仅仅因为性，还因为许多其他缘故），我们这些从死神近旁蹓跶过来的人，想必应该有了不太小器的准备：我们何苦不再全力地做些事，以期后世残疾者以及全人类不要像我们这样活得艰难？

一九八九年

"安乐死"断想

首先我认为,用人为的方法结束植物人的生命,并不在"安乐死"的范畴之内,因为植物人已经丧失意识,已无从体尝任何痛苦和安乐。安乐死是对有意识的人而言的,其定义是:患不治之症的病人在危重濒死状态时,由于精神和躯体的极端痛苦,在病人或亲友的要求下,经过医生的认可,用人为的方法使病人在无痛苦状态下度过死亡阶段而终结生命全过程(引自《安乐死》第15页)。

在弄清一件事是否符合人道主义之前,有必要弄清什么是人。给人下一个定义是件很复杂的事,但人与其他东西的区别却是显而易见的:人是这星球上唯一有意识的生命。(《辞海》上说,意识是"人所特有的"。)有意识当然不是指有神经反射或仅仅能够完成条件反射,而是指有精神活动因而能够创造生活和享受生活。而植物人是没有意识的。那么植物人还是人吗?这样问未免太残酷,甚至比听说人是猴变的还要感觉残酷。但面对这残酷的事实科学显然不能回避,而是要问:既然如此,我们仍要对植物人实行人道主义的理由何在?我想,那是因为我们记得:每一个植物人在成为植物人之前都是骄傲的可敬可爱的堂堂正正的人。正因为我们深刻地记得这一点,我们才不能容忍他们有朝一日像一株株植物似的任人摆布而丧失尊严。与其让他们无辜地,在无法表达自己的意愿无从行使自己的权利的状态下屈辱地呼吸,不如帮他们凛然并庄严地结束。我认为这才是对他们以往人格的尊重，因而这才是人道。

当然，植物人也已无从体尝人道。事实上，一切所谓人道都是对我们这些活人（有意识的人）而言的。我们哀悼死者是出于我们感情的需要，不允许人们有这种感情是不人道的。我们为死者穿上整齐的衣服并在其墓前立一块碑，我们实际是在为包括我们在内的人类唱一支赞歌——人是不能混同于其他东西的，因而要有一个更为庄严的结束，让我们混同于其他东西是不人道的。让一个人仅仅开动着消化、循环和呼吸系统而没有自己的意识，不仅是袖手旁观的他被侮辱，而且是对我们所有人的自由和尊严的严重威胁，所以是不人道的。那么，让一个实际已经告别了人生的植物人妨碍着人们（譬如植物人的亲属）的精神的全面实现，使他们陷于（很可能是漫长的）痛苦，并毫无意义地争夺他们的物质财富，这难道是人道吗？当然不。

总之，人为地结束植物人的生命无疑是人道的。至于如何甄别植物人，这不是道德问题而是技术问题，技术的不完善只说明应该加紧研究，并不说明其他。

真正值得探讨的是（符合前述定义的）"安乐死"是否人道，是否应该施行？

譬如，一个人到了癌症晚期，虽然他还有意识，但这意识刚够他受尽精神和肉体的折磨，除此之外他只是在等死，完全无望继续创造生活和享受生活了。这时候他有没有权利要求提前死去？医生和法律应不应该帮助他实现这最后的愿望？我说他有这个权利，医生和法律也应该帮助他实现这一愿望。反对这样做的唯一似乎站得住脚的理由是：医学是不断发展的，什么人也不能断定，今天不能治愈的疾病在今后也不能治愈。保证他存活，是等待救治他的机会到来的最重要前提。而且只有这样才能促进医学的发展而造福于后人。但是首先，如果医学的发展竟以一个无辜者的巨大痛苦为前提，并且不顾他自己的权利与愿望，这又与法西斯拿人来作试验有什么两样呢？法西斯的上述行为不是也使医学有过发展么？看来，以促进医学发展为由反对安乐死是站不住脚的，这是舍本求末丢弃了医学的最高原则——人道主义。况且，医学新技术完全可以靠动物试验而得以发展，只有在这新技术接近完善之时才能用之于人，绝不可想象让一个身患绝症的濒死的人受尽折磨，而只是为了等待一项八字还没一撇的医学新技术。其次，医学的发展确实是难以预料的，有时一个偶然的机会也许就能使绝症出现转机。这又怎么办呢？一边是99%的无可救药，一边是1%的对偶然的企盼。我想，所以安乐死的施行第一要紧的是尊重患者本人的意愿。科学不能以偶然为依据，但科学承认偶然的存在。医生把情况向患者讲明，之后，患者的意愿就是上帝，他宁愿等待偶然或宁愿不等待偶然，我们都该听命于他。当然，如果他甘愿忍受痛苦而为医学的发展作出贡献，他理应受到人们加倍的尊敬。但这绝不等于说别人可以强迫他这样做。

另外我想，安乐死的施行，会逼迫人们更注重疾病的早期防治与研究。如果能把维持无望治愈者暂时存活的人力物力，用于早期患者的防治上，效果肯定会更好。

据说，发生过极少数植物人苏醒的病例。但这除了说明有极少数误诊之外还能说明什么呢？一项正确的措施显然不能因为极少数例外或失误而取消，因噎废食差不多是最愚蠢的行为。难道我们真要看到盒中的每一根火柴都能划着才敢相信这是一盒值得买下来的火柴吗？倘如此，人类将无所作为，只配等死，因为现行的很多诊断和治疗方法,都有着被科学和法律所允许的致死率。甚至在交通事故如此频繁发生的今天,也没有哪个正常人想到要把自己锁在家里。

"只要是生命,就应该无条件地让它存活下去,这才人道,这才体现出一个社会的进步程度。"这样的观点就更糊涂,糊涂到竟未弄清人与某种被饲养物的区别。人是不能无条件活着的,譬如,不能没有尊严。人也是不能允许其他东西无条件地活着,譬如,当老鼠掠夺你的口粮的时候。而且我们倡导人道,并不是为了体现出社会的进步,而是为了所有的人生活得更美好。如果人道主义日益发达,人们生活得日益美好,那么体不体现出社会的进步就不是一件需要焦虑的事了。

"重残"、"严重缺陷"、"智力缺陷"、"畸形儿",就施行安乐死来说,这些都不是严格的标准。我想,无论有何种残疾或缺陷,只要其丧失了创造生活的能力(譬如完全不能动也不能说话的人),或丧失了享受生活的能力(譬如彻底的白痴和植物人),那么,他就有权享受安乐死,人为地终止其生命就都是人道的。但是,一个虽无创造生活的能力但还有享受生活能力的人,只要他愿意,他就有继续生存的权利,社会也就有赡养他的义务。(享受生活,是指能够从生活中获取幸福和快乐,而不是指单能吃喝拉撒睡却对此毫无感受者。)

对初生的重残儿童怎么办?一个无辜的儿童来到这世界上,而且他注定要有一个比常人百倍严酷的人生——对于这样的儿童我们应该为他们做些什么?我觉得对他们施行安乐死的标准应该放得更宽些,我们何必不让这些注定要倍受折磨的灵魂回去,而让一些更幸运的孩子来呢?这本不是太复杂的事呀。我从感情上觉得应该这样做，但从理性上我找不到可以信服的理由支持这样做。我知道感情是不能代替科学和法律的。这是件非常令人沮丧和遗憾的事。我希望人们终于有一天能够找到一个办法，至少使所有的人一来到这个世界上，就都站在一条平等的起跑线上，尽管他们前面的人生仍然布满着坎坷与艰难。

安乐死还有"积极安乐死"和"消极安乐死"之分。前者指在医生的指导和监督下，用药物结束患者的生命。后者指撤除对患者的一切治疗，使其自行死亡。我以为很明显，前者是更为人道的。因为，当已经确定应该对某人施行安乐死之后，哪种方法更能减少其死亡过程中的痛苦，哪种方法就是最人道的。

还有"自愿安乐死"和"非自愿安乐死"之分。前者是指本人要求安乐死，或对安乐死表示过同意。后者是指那些对安乐死已不能有所表示的人，和以往也不曾对安乐死有过确定态度或干脆是持反对态度的人。对前者施行安乐死，显然是无可非议了。那么对后者呢？对那些对安乐死不曾表示过确定态度的人，或许他的亲朋好友还可以代他做出选择。但是，对那些反对安乐死而又譬如说成了植物人的人，又当如何呢？真是不知道了。就像不知道一个无罪者的行为既不能利己又损害了他人，面对这种局面人们应该怎么办？这值得研究。

不过我想，如果使每一个人在其健康时都有机会表明自己对安乐死的态度，则肯定是有益的。而且我相信，随着人们生命观念的日益进步，反对安乐死的人会越来越少。

还有"自杀安乐死"和"助杀安乐死"之分。前者是说，确认一个符合了安乐死的标准，但是医生（或其他人）不予帮助，死的手段由其自己去找。后者是说，医生（或其他人）为其提供死之手段并帮助其施行。我觉得前者除了像拿人开心之外，别的什么都不像。

现在从《安乐死》一书中引一段文字：

"1961年9月的一天，英国'圣克里斯托弗安息所'的花园林荫小道上，一位中年男子和一位年轻的女子，推着手推车慢慢行走。手推车上半躺着一位老人，脸色苍白，十分清瘦，看上去就是一位重病人。这一男一女一边推着车，一边与老人轻轻交谈。他们像是父子，像是祖孙，老人不时地被小辈的话语所打动，轻轻地点头，时而也做做手势，表达自己的意思。明媚的阳光照在老人的脸上，给他十分苍白的脸上增加几分精神。老人神情安逸，心绪稳定。

"其实他们是医生、护士和病人。老人已患晚期肿瘤，即将离开人世。医生和护士坦然地与老人一起讨论'死'，讨论'如何无痛苦地死'，讨论'死给你带来的感觉'，讨论'死是不可避免的自然规律'，讨论'人应有选择死亡的权利'等等。

"这是目前在西欧、北美国家大量存在的安息所。它是六十年代后出现的医疗保健系统中的一种新形式，旨在使临终的病人在生命的最后日子里得到很好的照顾。"

这也是安乐死的一项内容，甚至可能是最为重要的一项内容。如果我们国家还没有这样的条件，那么像《中国残疾人》和《三月风》也许就应该担当起这样的职责——使人们对生和死有更为科学的认识，更为镇静和坦然的态度。

以上是我对安乐死的一些看法，肯定有很多毛病和错误。我非常感谢《中国残疾人》杂志辟出版面开展这样的讨论。我也非常感谢他们给我说出上述观点的机会，以便有一天我不幸成了只能浪费氧气、粮食和药品的人，那时候，人们能够知道我对此所持的态度，并仁慈地赐我一个好死。

再从《安乐死》一书上引一段话,作为此文的结尾:

"1976年在日本东京举行了一次'安乐死国际会议',其宣言中强调,应尊重人'生的意义'和'庄严的死'。这样的提法究竟能够为多少人接受,眼下还难以确定,但把人的生死权利相提并论,至少可以说标志着人类对自己生命意义的认识进入到了一个新阶段。"

一九八九年

减灾四想

一

"减灾报"这名称先让我感动,因为盈耳的一向是捷报和喜报。不可指望世间无灾,抗灾、减灾差不多算得历史主旋律。譬如从猿到人的演变,谁不希望是一路和平?但上帝不许,因而一路的壮举很少不与减灾有关。未来必还是这样,上帝喜欢从中检查人类的智慧和勇气。

希望《减灾报》为我们残疾人开设一个专栏。残疾,无疑是灾,由灾所致,而后成灾。并不期此栏表彰我们的坚韧,唯盼为我们报灾,其他报刊旨趣繁多,此事唯《减灾报》做来名正言顺。至少是我,宁可看见坚韧与灾情共减。

二

先说一件事。我是个住院的老手,往日的百分之五是在病房里度过。我曾与两位陌路老人相逢同一间病室,三张病床我居当中,左边的一位七十岁,右边的一位也是七十岁,我是截瘫,他们俩都是偏瘫，排布得工整恰似一幅对联。然而右边的一位有五儿二女，左边的一位只有一个养子，于是看出多子多福来了。右边，每日迎来送往探者如云，昼夜有人轮班守候，老爷子颐指气使要星星要月亮，众儿孙轻唯低喏万苦不辞。左边呢，整日清清寂寂偶得一二鼾声，幸亏老先生善睡，任二便横流纵溢单由护士去操心埋怨。凡走进我们病室的人都叹说：这一下子最少抵消了一万次"只生一个好"的宣传。病人多，护士少，左边老人的臀上、胯上，乃至脚上都长了褥疮。护士说：他那养子什么也不管，真没良心。大夫说：要是早有人扶他起来锻炼，他至少可以恢复到拄着拐杖行走，现在晚了。护士说：他在这儿早就没什么治疗了，通知他家属接他出院，结果他那个养子吓得不敢来了，这可倒好我们这儿成了养老院。右边的老人便对我说：他那养子每星期来一次，晚上来，偷偷看一眼，放下点钱和粮票，乘大夫护士没发现，他赶紧逃。有一天我见到了左边老人的养子，很晚了，病房里已经熄灯，不知他靠了什么妙法钻进来。他把一大堆吃食放在老人的柜橱里，把钱和粮票放进抽屉，在老人身旁默坐。我翻了个身，他见我醒着马上跟我寒暄，谈话很快变成了他的忏悔和诉苦。他说老人把他养大照理说现在正该是他尽孝之时。可是，他说他是汽车司机，白天开车晚上再侍候老人就怕第二天又把谁撞成残疾人。接回家去吧，他说您算算我只有一间房，请个保姆可往哪儿住？再说，他叹道，请个保姆每月八十块还未必请得着，端屎端尿的谁爱干？他说，要不我在家专门侍候老人，可没了奖金老婆孩子都喝西北风去？说到这儿我们俩相对良久无言。最后他说，劳您驾，老爷子有什么事您给招呼一声护士。一跺脚走了。从那时起我便想，现在都是独儿独女，未来的老年社会此类事怕会成倍涌现。晚年，在前面坚定不移地等待着每一个人，未雨绸缪，可否现在就筹备起一个"晚年互助院"，凡遵纪守法只生一个的好夫妻将来都有资格住进此院，并不麻烦年轻人，因为还要靠他们去抓革命促生产，就让所有退休的人互相帮助走向终点，后倒下的帮助先倒下的，前赴后继。

三

再说一件事。我曾参加编写过一部电影，剧中主人公是一位因病截去左腿的少女。为此导演费尽周折找来一位替身演员，身材与主人公的表演者一般漂亮，但左腿自膝以下没有了。我坐了轮椅去拍摄现场看热闹，见了她，同是残疾人相逢不必曾相识。我问她，你这腿怎么残的？她说，十九岁那年没考上大学，就去一个建筑队当临时工，到工地的第二天她就被派去看守卷扬机，没有人给她一点技术指导或安全教育。头几天侥幸平安无事，后来有一天那机器出了点故障，她用脚去踢，一下子腿就给绞了进去。我问：以后呢？她说：住了几个月医院，腿没了，建筑队给了几百块钱让咱回家。我说：只几百块钱？她说：钱再多又能咋地？可这一下再到哪儿找工作都找不到了。我说：那个建筑队应该负责。她说：负啥责！人家有根有据搬出条条文文给咱看，说是临时工的工伤事故都是这样一次性解决，给你截去了真腿又给你装配了假腿再给你几百块钱这笔账就算清了，合情合理合法。我没有研究过此类条文或法律，但我想一条美丽的腿总不至于就值几百块钱，也许正因为这腿定价太低，所以那建筑队并不把技术培训和安全教育放在心上，于是残疾人队伍总在壮大。我当然不认为一条美丽或不美丽的腿可以用人民币结算，但我想，无论临时工还是合同工若能在工伤事故中享受平等待遇，使那类贪便宜的建筑队有更多的经济损失，故不算一条高尚的计策，却一定能有减灾之效，一方面残疾人队伍会因此日趋衰落，另一方面也能减轻这支衰落了的队伍的灾情。我想以往的法规条文应当有所修正，否则岂非姑息养灾？

四

最后说说我的事。去年我交了好运，分得一套楼房。房子是好到不能再好，好过了梦想，宽敞明亮，且煤气、暖气、厨房、卫生间俱全，乘轮椅度日其中自由之神在纵情歌唱，相信这样的房子最合适残疾人住，相信残疾人最需要这样的住房。但是！但是"外面的世界很精彩"，一旦乘轮椅要出家门，却发现"外面的世界很无奈"，家门前四级台阶高筑，自由之神顿时歇了唱段。求朋友想办法，大家都以为这事不难"故事不多宛如平常一段歌"，但把楼门内外、楼前楼后视察几遍，才看出截瘫者住这样的楼房得有"把牢底坐穿"之胆魄。无障碍设计说了好多年了，可如今住宅楼如雨后春笋，林林立立，却不见一处有轮椅坡道，甚至连补建轮椅坡道的地方也不留下。常见建筑工地上有一条标语：百年大计。（我想总不至于是说，百年之内中国的住宅楼只遵守以往的设计。）既是百年大计就更应当想到残疾人了，我想百年之内截瘫者肯定都能搬进楼房了，若总要补建轮椅坡道可要浪费多少人力物力。记得有一回我去一家五星级饭店开会，门前有漂亮的轮椅坡道，我说："你们这儿真想得周到。"守门的小姐说:"没有无障碍设计就评不上五星级。"我想就是到了共产主义,谁也是进出家门的机会比进出五星级饭店的机会多。我想,住宅小区的建设能否也立一条法规:根据下肢残疾者在全国人口中所占比例,每一片新建住宅小区都要有相应数量的楼门设有轮椅坡道,或留出补建轮椅坡道的地方,否则视为违章。

一九九二年

给盲童朋友

各位盲童朋友，我们是朋友。我也是个残疾人，我的腿从二十一岁那年开始不能走路了，到现在，我坐着轮椅又已经度过了二十一年。残疾送给我们的困苦和磨难，我们都心里有数，所以不必说了。以后，毫无疑问，残疾还会一如既往地送给我们困苦和磨难，对此我们得有足够的心理准备。我想，一切外在的艰难和阻碍都不算可怕，只要我们的心理是健康的。

譬如说，我们是朋友，但并不因为我们都是残疾人我们才是朋友，所有的健全人其实都是我们的朋友，一切人都应该是朋友。残疾是什么呢？残疾无非是一种局限。你们想看而不能看；我呢，想走却不能走。那么健全人呢，他们想飞但不能飞——这是一个比喻，就是说健全人也有局限，这些局限也送给他们困苦和磨难。很难说，健全人就一定比我们活得容易，因为痛苦和痛苦是不能比出大小来的，就像幸福和幸福也比不出大小来一样。痛苦和幸福都没有一个客观标准，那完全是自我的感受。因此，谁能够保持不屈的勇气，谁就能更多地感受到幸福。生命就是这样一个过程，一个不断超越自身局限的过程，这就是命运，任何人都是一样，在这过程中我们遭遇痛苦、超越局限，从而感受幸福。所以一切人都是平等的，我们毫不特殊。

我们残疾人最渴望的是与健全人平等。那怎么办呢？我想，平等不是可以吃或可以穿的身外之物，它是一种品质，或者一种境界，你有了你就不用别人送给你；你没有，别人也无法送给你。怎么才能有呢？只要消灭了"特殊"，平等自然而然就会来了。就是说，我们不因为身有残疾而有任何特殊感。我们除了比别人少两条腿或少一双眼睛之外，除了比别人多一辆轮椅或多一根盲杖之外，再不比别人少什么和多什么，再没有什么特殊于别人的地方，我们不因为残疾就忍受歧视，也不因为残疾去摘取殊荣。如果我们干得好别人称赞我们，那仅仅是因为我们干得好，而不是因为我们事先已经有了被称赞的优势。我们靠货真价实的工作赢得光荣。当然，我们也不能没有别人的帮助，自尊不意味着拒绝别人的好意。只想帮助别人而一概拒绝别人的帮助，那不是强者，那其实是一种心理的残疾，因为事实上，世界上没有任何人不需要别人的帮助。

我们既不能忘记残疾朋友，又应该努力走出残疾人的小圈子，怀着博大的爱心，自由自在地走进全世界，这是克服残疾、超越局限的最要紧的一步。

一九九三年

附录发言二则

"透析"经验谈

在北京友谊医院"友谊之友"座谈会上的发言

"透析"经验谈

我"透析"已经五年。迄今透了十年、二十年的也大有人在。据说人造器官技术也正趋成功,所以我们这些几十年前要被判绝症的人已无悲观的理由,倒是应该做好再活上几十年的准备。我是说,快乐并且有所作为地再活上几十年,而非自暴自弃地去等那最后一刻。

我能介绍的第一条经验是:别太把自己当成病人,适当地工作,实为疗病养生的好方法。反之,终日无所事事,倒难免自我价值失落,结果弄得自己情绪败坏,全家阴云笼罩。在中日友好医院"透析"的五年中,最让我难忘并且敬佩的是一位叫许志杰的病友。他是个普通工人,经济收入可想而知,家中又有两个上学的孩子,他说"帮不了这个家了,不能再给他们增加负担",便独自摆起了修鞋摊,所得虽微,但可维持自己的日常用度。好几年中,他风雨无阻地出摊,快快乐乐地"透析",活得坚定。自己不再是他人的负担,进而又能对他人有所助益——这种感觉,这份快慰,绝非医药可得;也只有这样,生活的信心才不可动摇。

第二条经验:但要知道自己到底还是病人,故不可劳碌无度。我是说,无论谁,有所不为才能有所为,何况我们这些病人。比如,灯红酒绿的夜生活咱就免了吧,种种劳神费力的物质享乐,能减少就减少些吧。充分的休息对我们尤其重要。我双腿瘫痪三十多年,一向遵循的原则就是"好钢用在刀刃上"。当然我可能原本就没有多少好钢,但完全没有的人也不多见,那就把仅有的好钢都集中起来,做些有趣味、有意义的事。不为别的,只为不把自己活成个负数,进而也不是零,不是花着成千上万的医药费却似活得无缘无故,活得像一个若有若无的人。是呀不为别的,还是那句话:至少要给自己活出价值,活出信心,给家人活出欣慰。

第三条经验,可能也是所有已然选择了"透析"的人的经验,而且肯定是会得罪某些中医界人士的经验——但诚实要求我不能不说:肌酐指标高到一定程度,你最好赶快"透析",别再指望中药。"一定程度"是什么程度?这我说不好,我不是医生。我的经验是:在"肌酐"稍高于正常值时,中药是有效的,但当"肌酐"长到比较高时,中药不仅无益,甚至可能不利。据我所知,中医治疗"尿毒症"的思路,无非泄补并举,以期将因肾功失能而不能排泄的毒素经大便排出,这在肾功小有缺失时是可行的,但当肾功近于全面丧失时,仅由大便就不足以排泄体内的毒素(否则要肾何用?),若仍坚持,只会使毒素积累愈多,对肾伤害愈大。此非我一人之经验,"透析"者多半都经历了中药疗治的无奈过程。有没有例外?世间万事,皆有例外;或因人有异,或确有秘方,但至今不见必然的总结,让病人一味地期待偶然或例外显然不是科学的态度。当然,我特别希望秘方能够无私公布,以利众生。但在此前,病人唯盼望:无论中医西医,都能鄙弃门户,一切从病人利益着想,实事求是,坦言各家疗法之利弊,再别让虚假广告误导病人。

第四条可以算经验,也可以算希望:把枯燥且漫长的"透析"过程搞得活泼些,快乐些。"透析"以来,除了家,"透析室"是我们度过最多时光的地方,我们最常见面的人是"透析室"的大夫、护士、病友，我们至少应该算同事了——不是吗？我们共同合作，这才一天一天地完成着"透析"任务。所以，这么多美好时光，都打成了瞌睡，实在无聊。我很喜欢我们的"透析二部"，那儿常有歌声与谈笑，有着轻松、快乐的亲切气氛……我以为这应当提倡。我们曾戏称，要创立一种"快乐透析法"。是呀，千万别把"透析室"弄得森然、压抑，仿佛那是差一步就到地狱的地方，而要让那儿充满欢声笑语（当然要适度，毕竟这不是歌厅），是一处可以互相信任和终日友好之地，不仅能清除血中毒素，更能康健人的精神。

我多年患病的座右铭是：把疾病交给医生，把命运交给上帝，把快乐和勇气留给自己。

二〇〇三年二月十一日

在北京友谊医院"友谊之友"座谈会上的发言

(曾以《史铁生谈困境》为题在2002年
《北京青年报》上删节刊载)

坐在这个位置上的本该是位大夫,可现在却是个病人,一个资深病人。所以今天不可能是治疗,也不可能是讲课,更不要以为是一个什么身残志不残的人给大伙做报告。我是奉柏大夫之命,以一个老牌病人的身份,跟各位交流一下生病的体会。所以我只能保证以毫不隐瞒的态度说说我自己的经验,看看有没有什么可以让各位借鉴的东西;有,我就没白来,没有,就只能怪柏大夫找错了人。我不是大夫,这可以让我推卸责任,要是我说得文不对题,只好劳驾各位大夫帮我收场。

这个开场白有两个目的,一是请各位不要对我抱太大的希望,一是我自己先为自己减轻一下负担。我写作的时候,也总是先给自己减去负担,劝告自己:别去想这一回能写得多么好,能够在哪儿发表,甚至得一个什么奖,这一回只当是闲来无事自己跟自己说说话,写一篇废品吧。这样劝过之后心里就比较轻松,因而就能比较自由,自由了就容易看清自己,看清自己的愿望和问题。

写作,说到底也就是交流,与同是生活在这个世界上的人沟通。

同是生活在这个世界上，谁的生活中都难免有些艰难，谁心里都难免有些苦恼和困惑。甚至可以这样说，艰难和困惑就是生命本身，这是与生俱来的，甚至终生不能消灭的，否则人生岂不就太简单了？设想一下，要是有一天生活中的困难都消灭干净了，人生实在也就没什么意思了；就像下棋，什么困阻都没有你可还下得什么劲儿？

有位先哲说过这样的话：比陆地辽阔的是海洋，比海洋辽阔的是天空，比天空辽阔的是人的内心。那么也就是说，内心世界比外部世界要复杂得多，认识内心世界比认识外部世界要困难得多。心理问题浩瀚无边，别指望一蹴而就即可解决所有我们心里的迷惑。那么指望什么呢？我想，人们能够坐在一起敞开心扉，坦诚地说一说我们的困惑，大胆地看一看平时不敢触动的某些心灵角落，这就是最好的办法。心里的困惑存在一天，这办法就不会过时。就是说，一切具体的心理治疗方法，都要由这样的开端来引出。自我封闭，是心理治疗的最大障碍。

困境不可能没有，艰难不可能彻底消灭，但人与人之间的交流、沟通，倾诉与倾听，却可能使人获得一种新的生活态度，或说达到一种新境界。什么境界？我先给各位讲个童话，不是我编的，是从书上看来的，《小号手的故事》："战争结束了，有个年轻的号手最后离开战场，回家。他日夜思念着他的未婚妻，一路上都在设想如何同她见面，如何把她娶回家。可是，等他回到家乡，却听说未婚妻已和别人结婚，家乡早已流传着他战死沙场的消息。小号手痛苦之极，便又离开家乡，四处漂泊。孤独的路上，陪伴他的只有那把小号，他便吹响小号，凄婉悲凉。有一天，他走到一个国家，国王听见了他的号声，使人把他唤来，问：你的号声为什么这样悲伤？号手便把自己不幸的经历讲给国王，国王听了非常同情……"看到这儿我就放下了，心说又是个老掉牙的故事，接下来无非是国王很喜欢这个年轻号手，而且看他才智不俗，就把女儿许配给了他，最后呢？肯定是他与公主白头偕老，过着幸福的生活。可是我猜错了。这个故事不同凡响的地方就在于它的结尾，这个国王不落俗套："他下了一道命令，请全国的人都来听这号手讲他的故事，都来听他那哀伤的号声……日复一日，年轻人不断地讲，人们耐心地听，只要那号声一响，人们便围拢来，在他周围默默地听……就这样，不知从什么时候起，他的号声已不再那么低沉、凄凉了。又不知从什么时候起，那号声开始变得嘹亮，变得生气勃勃了。"

所谓新境界，我想至少有两方面。一是认识了爱的重要——困境不可能没有，最终能够抵挡它的是人间的爱愿。什么是爱愿呢？是那个国王把自己的女儿嫁给小号手呢？还是告诉他，困境是永恒的，你只有镇静地面对它。应该说都是，但前一种是暂时的输血，后一种是帮你恢复起自己的造血能力。前者也是救助，但不是根本的救助，比如说，要是那个公主另有新欢了呢？小号手岂不又要贫血？后者是根本的救助，它不求一时的快慰和满足，也不相信因为好运的降临从此困境就不会再找上你，它是说：困苦来了，大家跟你在一起，但谁也不能让困苦消灭，每个人都必须自己鼓起勇气，镇定地面对它。人生的困境不可能全数消灭，这样的认识才算得上勇敢，这勇敢使人有了一种智慧，即不再寄希望于命运的全面优待，而是倚重了人间的爱愿。爱愿，并不只是物质的捐赠，重要的是心灵的相互沟通、了解，相互精神的支持、信任，一同探讨我们的问题。比如像我们现在这样。

新境界的另一方面就是镇静，就是能够镇静地对待困境了，不再恐慌了。别总想逃避困境；你恨它，怨它，跟它讲理，想不通，觉着委屈，其实这都是想逃避它。可困境所以是困境，就在于它不讲理，它不管不顾、大摇大摆地就来了，就找到了你头上，你怎么讨厌它也没用，你怎么劝它一边去它也不听，你要老是执着地想逃离它，结果只能是助纣为虐，在它对你的折磨之上又添了一份自己对自己的折磨。

有一回，有个记者问我：你对你的病是什么态度？我想了半天也找不出一个恰当的词，好像说什么也不对，说什么也没用，最后我说：是敬重。这并不是说我多么喜欢它，但是你说什么呢？讨厌它吗？恨它吗？求它快快滚蛋？一点儿用也没有，除了自讨没趣，就是自寻烦恼。但你要是敬重它，把它看作是一个强大的对手，是命运对你的锤炼，就像是个九段高手点名要跟你下盘棋，这虽然有点无可奈何的味道，但你却能从中获益，你很可能就从中增添了智慧，比如说逼着你把生命的意义看得明白。一边是自寻烦恼，一边是增添智慧，选择什么不是明摆着的吗？对困境，先要对它说"是"，接纳它，然后试着跟它周旋，输了也是赢。这不是阿Q，阿Q的"精神胜利法"是展示他的癞头疮，以丑为荣；你这是"置之死地而后生"，比如腿死了，肾也死了，但未必精神就不能赢，就不能活得更好。

我常以打牌来比喻人生。你可能运气不好，你可能抓了一手坏牌，但光靠好牌来赢算不得能耐，而一手坏牌也肯定有最好的打法，去寻找那个最好的打法就是。总是乞灵于好运，差不多是浪费光阴，不断地洗牌、洗牌、洗牌……你知道是洗来的好，还是洗掉的好？

说到死，有人就着急，发慌，沮丧得不行，甚至闭口不谈，想都不敢想。这样的话，死，肯定就会以更加狰狞的面目来找你了；你要是镇静地看它呢，它其实也平常。死什么样？就像你没出生时那样呗。死，不过是在你活着的时候吓唬吓唬你，你一发抖，它就成功。其实，我们不都是从那儿来的吗？比如说，我是1951年从那儿来的，柏大夫是1952年。这个问题说起来复杂，我只是起个头儿，抛砖引玉，各位可以慢慢去想。

其实，死，不过是活着的时候的一种想法。谁想它想得发抖了，谁就输了，谁想它想得坦然镇定了，谁就赢了。当然不能骗自己，其实这件事你想骗也骗不了。为什么一些真正有信仰的人并不害怕死呢？不过这不是能教的，得自己镇静下来慢慢去思索，去体悟。但要是你先就对它说"不"，固执地对它说"不"，你不仅一无所得，反而会焦躁不安、恐惧倍加，终生受它的伤害。其实所有的困境，包括死，都是借助于你自己的这种恐慌来伤害你的。我估计，我讲的不大可能符合柏大夫的要求。这我就不管了。她是大夫，我是病人，照理说，病人在申述自己病情的时候，比大夫有发言权。咱们都可以畅所欲言，然后把一个烂摊子交给她，那时候再听她的吧。

在我双腿瘫痪的时候，以及双肾失灵的时候，有人劝我：要乐观些，要坚强些，你看看生活多么美好呀！我心里说，玩去吧，病又没得在你身上。那时候我不能体会什么是乐观，凭什么可以乐观。尤其是，我双腿瘫痪的时候才二十一岁，我可是没有发现什么生命的诱惑。我想的是，我要是不能再站起来，就算是能磨磨蹭蹭地走，我也不想再活了。那时候，我整天用目光在病房的天花板上写两个字，一个是肿瘤的"瘤"（因为大夫说，要是肿瘤就比较好办，否则就得准备以轮椅代步了），另一字是"死"。我祈祷把这两个字写到千遍万遍或许就能成真，不管是肿瘤还是死，都好。我想我只能接受这两种结果。到后来，现实是越来越不像是肿瘤了，那时候我就只写一个字了。但我为什么迟迟没有去实施呢？那可不是出于什么诱惑，那时候对我最具诱惑的就是死；每天夜里醒来，都想，就这么死了多好！每天早晨醒来，都很沮丧，心说我怎么又活过来了？我所以没有去死，绝不是生的诱惑，而是死的耽搁，是死期延缓，缓期执行吧。是什么使我要缓期执行呢？是亲情和友情，是爱。

那时候，我的亲人，同学，各路朋友，几乎每天都来看我；不是探视的日子他们也能进来，友谊医院的条条暗道他们都了如指掌。还在陕北插队的同学经常给我写信来，软硬兼施，劝骂并举，想尽办法让我先活下去再说。他们的计谋其实都让我看穿，但即使你看穿，这份情谊还是起作用。我觉得不能让他们太失望，不能让他们有一天来了却听说这小子已经自杀了，这好像太不够意思。那时候我也还是不大想活，希望有一个自然的死亡。但是死亡一经耽搁，你不免就进入了另一些事情，另一种情绪，就像小河里的水慢慢丰盈了，你难免就顺水漂流，漂进大河里去了，四周的风景豁然开朗，心情不由得也就变了。终于有一天你又想到了死，心说算了吧，再试试，何苦前功尽弃呢？凭什么我非得输给你不可呢？这时候，你已经开始对残废有一种幽默的态度了。

启发我的是卓别林的一部电影，好像是叫"城市之光"吧。女主人公要自杀，拧开了煤气，结果让卓别林演的那个角色发现了，把这女的救了。这女的说："你凭什么救我？你有什么理由不让我死？"卓别林的回答妙极了，他说："急什么？早晚还不是这回事？"这是大师的态度，不悟透生死的人想不出这样的话。这里面不仅有着非凡的智慧，而且有着深沉的爱，意思跟那个国王对小号手说的大同小异，都是说：这是困境，是我们谁也逃避不了的，但是我们在一起，我们再一起来看看还有没有别的办法。这就是爱。

我就是靠了这种爱而耽搁和延缓了死亡的，然后才感到了生的诱惑。你要是说这爱就是生命的诱惑，也行。但决不是生理性生命的诱惑，而是精神性生命的诱惑，是生命意义的诱惑。不过，我觉得"诱惑"这个词不算很贴切；"诱"字常常是指失去了把握自己的能力，"惑"呢，是迷茫的意思。所谓"四十而不惑"，大概是说明白了生命的意义吧。所以，当终于有一天我不再想自杀的时候，生命不见得是向我投来了它的诱惑，而是向我敞开了它的魅力和意义。所以我说，对病，对死，对一切困境，最恰当的态度是敬重，它使我提前若干年"知命"了。所谓"知命"，就是知道命运反正是不可能随人愿的，人呢？务必不可逃避困境，而是要正眼看它。你下棋吗？你打球吗？其实人的一切事，都是与困境的周旋。在与困境周旋的时候，你会觉得很苦，很累，没用。那时候你最想干什么呢？你最想找人谈谈，朋友、亲人、爱人，于是你感到支持，感到爱的美好，感到生命的魅力和意义。如果你觉得这仍然不够，你也可以一个人静静地思索，与天，与地，与上帝或与佛祖都谈谈，那样就更能让你清楚什么是生，什么是死。

总之，千万别把自己封闭起来，你要强行使自己走出去，不光是身体走出屋子去，思想和心情也要走出去，走出一种牛角尖去，然后你肯定会发现别有洞天。萨特说"他人即地狱"，其实他人也可以是天堂。此外没有天堂。我写过，地狱和天堂都在人间，地狱和天堂是人对生命以及对他人的不同态度罢了。向友谊、爱，敞开自己的心灵，是最好的医药。比如柏大夫，还有王主任，她们没能治好我的腿，但她们真正是好大夫。好大夫也有治不了的病，但好大夫更懂得爱是最好的医药。72年我的腿坏了，我有幸住进了友谊医院，"友谊"这两个字真是好兆，是命运对我的恩赐。不仅有我一起插队的同学都在关心我，神经内科所有的大夫、护士也都像亲人一样地关心我，这不是套话，这是事实。说实在的，我现在气力不济，很多活动我都没力气参加，说话说多了就冒汗，可这次是柏大夫命令我来，我不能不从命。

所以，各位能到这儿来，我看是英明的选择。倒也不是说这儿有柏大夫，有"友谊"这个护身符，而不如说交流、沟通、倾诉与倾听，是克服任何心理困境的最好的选择。但是，爱，或者友谊，不是一种熟食，买回来切切就能下酒了。爱和友谊，要你去建立，要你亲身投入进去，在你付出的同时你得到。在你付出的同时你必定已经改换了一种心情，有了一种新的生活态度。其实，人这一生能得到什么呢？只有过程，只有注满在这个过程中的心情。所以，一定要注满好心情。你要是逃避困境，困境可并不会躲开你，你要是封闭自己，你要总是整天看什么都不顺眼，你要是不在爱和友谊之中，而是在愁、恨交加之中，你想你能有什么好心情呢？其实，爱、友谊、快乐，都是一种智慧。上帝给你一命，何苦你老让它受气呢？

二〇〇二年